愛ゆえの罪

リン・グレアム
竹本祐子 訳

ハーレクイン
SP文庫

CRIME OF PASSION

by Lynne Graham

Published by Harlequin Japan,

a Division of K.K. HarperCollins Japan, 2023

リン・グレアム

北アイルランド出身。10 代のころからロマンス小説の熱心な読者で、初めて自分で書いたのは 15 歳のとき。大学で法律を学び、卒業後に 14 歳のときからの恋人と結婚。この結婚は一度破綻したが、数年後、同じ男性と恋に落ちて再婚するという経歴の持ち主。小説を書くアイデアは、自分の想像力とこれまでの経験から得ることがほとんどで、彼女自身、今でも自家用機に乗った億万長者にさらわれることを夢見ていると話す。

◆主要登場人物

ジョージィ・モリスン……………………学校教師。
スティーヴ…………………………………ジョージィの兄。フォト・ジャーナリスト。
ダニー・ピーターズ………………………ジョージィの学生時代の友人。
マリア・クリスティーナ・レベロン……ジョージィの親友。
ラファエル・ロドリゲス・ベルガンサ…マリアの兄。大富豪。
テレイサ……………………………………ラファエルの家政婦。
トマス・ガルシア…………………………ラファエルの教会の神父。

1

机をはさんで、ボリビア人の警察官がかみつくようにスペイン語で言った。「イギリス人なのか？　どこに泊まってるんだ？」

狭い室内は信じられないほど蒸し暑く、空気がよどんでいる。ジョージィはすみれ色の瞳に怒りを浮かべて相手をにらみつけ、ぐいと頭を起こした。透けるように白い細おもての顔のまわりに、光の加減で金色から赤銅色、金褐色へとさまざまな色に変化する豊かな髪が躍った。「スペイン語はしゃべれないのよ！」もうこれで二十回目だった。

警官は丸めたこぶしで机をどんとたたいた。「何だって？」いらだちが高じているようだ。

奥歯をかみしめるうちに、ジョージィの内部で何かが爆発した。「わたしは盗みにあって、おまけに襲われた被害者なのよ。がみがみ言われるいわれはないわ！」

警官はぷいと立ちあがると、大またで戸口まで行って、扉を大きく開けた。襲ってきた男が招き入れられるのを見て、ジョージィは肝をつぶした。暴力の餌食《えじき》となってレイプされる場面が頭に浮かぶ。押し隠していた恐怖が一挙によみがえった。ジョージィは椅子から飛びあがるようにして、あわてて部屋の隅へあとずさった。

ジョージィを襲った、がっちりとした若い男は、非難がましい目つきで彼女をにらむと、スペイン語でののしるようにまくしたてた。

ジョージィは困惑して目をぱちくりした。トラックの中でわたしを襲おうとしたくせに、この男は、どうして警察に苦情を言う権利があるかのようにふるまっているの？　だいたい、この男はなぜわたしを警察署に引き連れてきたんだろう？　レイプ未遂は犯罪のはずなのに……。

男のひげだらけの頬に残るみみずばれを、警官がジョージィにさし示した。彼女が爪でひっかいた跡だ。

ボリビアでは、女性は襲われたときに身を守ることも許されてないというの？　とたんに、それまで無理やりかきたてていた空元気がなえた。独立精神までひるみ、ジョージィは生まれて初めて、家族がいてくれたらいいのにと思った。

だが父親と継母は結婚二十年を祝って、三週間のギリシアの船旅を楽しんでいる最中だ。義理の兄のスティーヴは、最近勃発《ぼっぱつ》した内戦の取材のために中央アフリカにいる。家族はジョージィがボリビアに来ていることさえ知らない。

最近相続した祖母の遺産を、ジョージィは衝動的にボリビア行きの飛行機代につぎこんだのだった。こんな贅沢《ぜいたく》な休暇もこれが最初で最後、と心に決めて。

三十六時間前、ジョージィは友人のマリア・クリスティーナ・レベロンとの再会に胸をわくわくさせながらラパスに到着した。それまでも、〝わたしの家に来て泊まって〟と何度もマリア・クリスティーナに懇願されていた。ジョージィが何度か断った理由は実はお金がなかったからだとは、財産家に生まれついた友人にはとうてい思い当たらなかっただろう。

だが思いもよらないことに、やっとこの国にやってきたとき、マリア・クリスティーナと夫のアントニオは不在だった。

レベロン家の邸宅は門が閉ざされ、二頭の猛犬を連れた警備員に守られていた。警備員は英語が話せなかった。マリア・クリスティーナは妊娠八カ月だから、週末だけ家を留守にしたのだろう。そう思って、ジョージィはいちばん安いホテルを探し出し、そこでレベロン一家がラパスに戻ってくるのを待つことにした。そしてチェックインしたあと、ひとりでちょっとした探検をしてみようと外に出たのだった。

ちょっとした探検……苦々しく思い出す。少し離れたところで、警官と男が怒った身ぶりで話をしている。見守るうちに息苦しくなり、ジョージィは藁《わら》をもつかむ気持になってきた。レベロン家の人たちが留守とわかったときには使わなかった切り札を、今こそ使わなくては。まさか使うはめになるとは夢にも思わなかったけれど。

ラファエル……。マリア・クリスティーナの兄、ラファエルの助力を願うなど、考えただけで身の毛がよだつ思いがする。愚かなプライドだわ。もう四年も前のことよ……ラファエルがわたしを捨てたのは。彼はわたしを苦しめ、誤解し、そして侮辱した。でも、今は彼にすがるしかない。

メモ用紙とペンが置かれたテーブルに近寄ると、ジョージィは深呼吸をした。おぼつかない手で、間違いないように〝ラファエル・クリストバル・ロドリゲス・ベルガンサ〟と書き、テーブルの向こうへ押しやった。名前を書くだけでも胸が痛む。

警官は眉根を寄せ、怪訝《けげん》な面持ちで顔を上げると、ジョージィをまじまじと見た。声に出して名前を読みあげ、わけがわからないというような気難しい顔をした。

「友達なの。親しい友達……とっても親しい友達なのよ」明るい、自信に満ちた笑顔を無理やり作って嘘《うそ》をついた。内心、屈辱で死んでしまいたい気持だった。

警官は信じられないという顔をして、神経にさわる笑い声をあげた。ジョージィを指さして、自分の頭をたたいて首を振る。頭がどうかしているとでも思っているのだろう。

「本当よ！　ずっと前からの知りあいよ。ラファエルとわたしは……こんな感じなの」ジョージィは両手をしっかり握りあわせ、何とか重要な意味ありげな顔をしてみせた。

警官は顔を赤らめて目を伏せた。まるでジョージィが恥ずかしいことをしたかのようだ。

また若いトラック運転手が口を開いてまくしたて始める。警官は男を乱暴に部屋の外へ追い出して、ドアをぴしゃりと閉めた。

「ラファエルに電話して！」ジョージィは受話器を耳に当てるまねをした。

ため息をふっとついて、警官はジョージィの細い手首をつかむと廊下へ引っぱり出し、そのまままっすぐ汚い鉄格子のはめられた独房へ向かった。警官が鍵《かぎ》をかけてポケットにしまっても、まだジョージィには自分の身に起こったことがわからなかった。

「ここから出して！」信じられない思いで金切り声をあげた。

警官の姿はもう見えなかった。扉の閉まる音を聞いて、ジョージィは沈黙した。両手でさびついた鉄格子を握ったまま立ちつくす。体ががたがた震えた。ベルガンサ一族の影響力のたいしたこと！　熱い涙が目にわいてきた。すり切れた毛布のかけられた、幅の狭い、ぎしぎしいうベッドの端に腰をおろすと、ジョージィは両手で頭をかかえこんだ。

一時間ほどして、鉄格子の間から食事がさし入れられた。だが朝食以来何も口にしてないのに、胃が受けつけそうになかった。

しばらくすると、ジョージィはわきあがる涙をこらえて体を横たえた。そのうち通訳が呼ばれてくるはずよ。そうすれば、こんなばかな間違いは解消されるわ。ここから出るのにラファエルは必要ない。わたしったら災難ばかり。初めての外国のひとり旅で、こんな失敗をするなんて。なぜなの？　わたしが無鉄砲だから？　衝動的なのは昔からだけれど、きっとこの先も変わりない。この性格のせいでトラブルに巻きこまれたのは、今度が初めてというわけじゃない。でも、もう二度とこんな目にはあわないようにしよう。ジョージィは誓った。

目が覚めたとき、男性がスペイン語でしゃべる声がしていた。ここはどこかしら。くしゃくしゃの髪で起きあがる。気温が上昇していた。鉄格子のはめられた小さな高窓から、一日の始まりを示す光がかすかにさしこんでいる。鉄格子の向こうにいる二人の男性に、すみれ色の瞳を凝らした。

ひとりは例の警官で、もうひとりは……。急にジョージィの鼓動が激しくなった。「ラファエル！」

警官に葉巻をさし出しながら、ラファエルは黒い瞳の奥から刺すような一瞥《いちべつ》をジョージィに向けると、低い声で命じた。「スカートをおろして、体を隠すんだ……娼婦《しょうふ》のような格好だぞ」

見るからに仲のよさそうな警官との会話を中断することなく、ラファエルはまた彫りの深い輝くような横顔を向けた。ジョージィはごそごそデニムのスカートを引っぱりおろしたが、膝上五センチの丈は直しようもない。すみれ色の瞳に怒りをきらめかせて、たるんだTシャツのしわを伸ばした。

「よくもそんなことが言えたわね」ひそひそ声でやり返す。

男性が二人そろってこちらを向いた。

「黙っていないと、僕は帰るぞ」ラファエルの言いかたには同情のかけらもなかった。脅しではない。ラファエルは本当のことを言っている。口実さえあれば、わたしを死ぬまでここにほうっておくだろう。容赦のない冷たい視線と、形のいい口もとに浮かんだ明白な不快感が如実に物語っている。四年前ロンドンでもラファエルは同じ顔をしていた……。

突然、胸がうずいた。よみがえりそうな記憶を押し戻し、ぐっと胸を張る。こんなところでおどおどしたり、恥ずかしがったりしてはいられない。とはいえ、今でもあの最後に会ったときの屈辱感がよみがえって、夜中にぐっしょり汗をかいて目が覚めることがあった。ジョージィはラファエルを心底憎んでいた。

ジョージィをまったく無視して、二人の男性がしゃべり続ける間、彼女はラファエルをまじまじと観察した。このみすぼらしい場所では、高級仕立てのグレーのスーツに身を包んだラファエルは、異邦人のように場違いに見えた。高価な布地ががっしりした肩を包み、引きしまった腰としなやかな長い脚を強調している。ジョージィは、特に短いわけでもないスカートの裾《すそ》を思わず強く握りしめた。ラファエルが娼婦のように見えると思った理由は、偏見を持っているせいだろう。

昨年の夏、『タイム』誌の表紙一面にラファエルの写真が載った。ボリビアの大金持べルガンサ――汚職の敵、弱者の味方。偉大なる博愛主義者ベルガンサ――十六世紀にボリビアに来た、名門カスティーリャ貴族の直系子孫。雑誌には、何代も前の先祖からラファエルに至る家系図も載せられていた。

ジョージィは写真をむさぼるように見たものだった。彼はとても背が高かったが、強い印象を与えるのは実際の背丈ではなく、強烈な体そのものだった。はっとするほど美しく、動物のような、相手を圧倒するカリスマ性を備えている。男らしい体は、この先三十年たっても女性を振り向かせずにはおかないだろう。

ふと気がつくと、ジョージィの目の前で、〝汚職の敵〟であるラファエルが札入れからひと握りの紙幣をとり出し、警官の手に押しつけるのが見えた。ラファエルは警官を買収しているのだ。ラテン・アメリカのマスメディアでは聖人と言われているのに、ラファエル・ロドリゲス・ベルガンサが堂々と紙幣を渡すのを見て、ジョージィは大きなショックを受けた。

独房の扉が開き、ラファエルが中に入ってきた。気難しい目つきで独房を見回し、簡易ベッドから毛布をはぎとると、こわばっているジョージィの肩を包みこんだ。「来るつもりはなかったんだが」ラファエルの優雅でセクシーなアクセントが、ジョージィの背すじをぞくぞくさせる。

「それなら、釈放してくださったお礼をわざわざ言うまでもないわね」ラファエルが毛布をかけてくれたことに、ジョージィはむかっ腹を立てた。彼女より三十センチ以上も背が高いので、顔を見るためには振り仰ぐように頭を後ろへそらさなければならない。

「妹のためでなかったら、きみをここに置き去りにしただろう。人格形成にはいい経験だから、大いにためになったはずだ」

「何て意地悪な人！」ジョージィはついに怒りを爆発させた。恐ろしい目にあった人間に、冷酷に追いうちをかけるなんて。「わたしは盗みにあい、襲われて、投獄されたのよ！」

「そのうえ、もう少しでぶちのめされるところだったぞ。なぜなら、男がこんな失礼な態度をとったら、ぼくは絶対に許さないからだ。だが、ただの女なら許さないわけにはいかない」

頬を赤くし、怒りに燃えて、ジョージィは文字どおり独房から大手を振って出た。ただの女？　ラファエル・ロドリゲス・ベルガンサをかつて愛していただなんて、想像もつかないわ。それとも、あれは愛ではなかったのかも。あれはティーンエイジャーによくある、あこがれに名を借りた単なる欲望だったんだわ。でも、十九歳ではうぶすぎて、その現実を認められなかっただけ。

ラファエルはジョージィの小さな背中を押すようにして、廊下を歩いていった。外に出ると、日ざしがまぶしかった。外で待っている二台のレンジ・ローヴァーをとりまく大勢の人だかりに、ジョージィは混乱した。

かすかないらだちをこめて息をつくと、ラファエルは不意にジョージィの腰に両手を回し、地面から持ちあげて一台目の助手席に押しこんだ。そして熱狂的な人だかりのほうへ顔を向けた。

男たちはみんな帽子を脱いでいた。女性の中には涙を浮かべている者までいる。子供たちはラファエルに触れようと、押しあいへしあいしている。突然、人の群れが二分したと思うと、さっきの警官が年老いた司祭を連れて現れた。司祭は満面に笑みを浮かべてラファエルの両手をとり、〝神の祝福のあらんことを〟と祈りだした。

英雄ってわけね！　胸がむかむかした。ジョージィが顔をそむけると、運転席に袋がひとつ置かれているのが目に入った。袋がごそごそ動いているのに気づき、体をかたくした。いったい何が入ってるの？

じっと押し黙ったまま、袋がのたうち、震えるのを見守った。何か生き物が入っているんだわ。これはきっと……。あたりをつんざくような金切り声をあげて、ジョージィは車から大あわてで飛びおりた。そして周囲をあっといわせるほどの勢いで、かたい地面にどさりと落ちた。

「男の注目の的にならないと、気がすまないんだな、きみは？」ラファエルは不愉快そうに言うと、何とか立ちあがろうとしているジョージィに手を貸した。ボディガードが二人、何が起こったのかと、後ろの車からおりてきた。

顔を怒りで真っ赤にして、ジョージィはかすれ声で言った。「袋の中に蛇がいるわ！」

「だから？」ラファエルは無表情で尋ねた。「ここの土地の人のごちそうさ」

ラファエルはジョージィをまた助手席に座らせ、震える手脚をしっかり毛布でくるみこんだ。ジョージィが恐怖で冷や汗をかいていると、警官がにやにやしながら袋の口をいっそうきつく結んで運転席に戻した。

「どこかへやって、ラファエル。お願い！」

ラファエルは黙って後部座席に袋を置き、運転席に乗りこんだ。

日ざしに照らされたラファエルの髪は、つややかな青みをおびて黒く輝いている。悪い誘惑にでもあったかのように、ジョージィは両手を握り、目を伏せて自己嫌悪に陥った。どうして昔の記憶がこんなにありありとよみがえってくるの？

ジョージィはシートの上でもじもじしながら、ラファエルの髪の感触を思い出している自分を恥じた。

「さあ話してもらおう。どうしてこの国に来て二十四時間もしないうちに、独房に入れられたんだ？」何を考えているかはわからないが、ラファエルがこちらの身になってくれているわけではないのは、明らかだった。

「昨日、ソンゴ渓谷の氷の洞穴を見に行こうと思って……」

「そんな身なりで？　ミニスカートとハイヒール姿で？　洞穴までのぼるには、慣れた人でさえ二時間はかかるんだ」

「だって、あんなに大変だなんて知らなかったのよ」

「それでいつ、本当のことがわかった?」

「タクシーをおりて、登山靴をはいた筋骨たくましいひげの男が三人のぼっていくのを見たときよ」ジョージィはしおれた声で認めた。「それで、代わりに湖を見に行こうと思ったの。で、ここには長くいるつもりはないって、タクシーの運転手に言おうと振り返ったら、車がいなくなっていて……わたしのハンドバッグもなかったの!」

「ホルへもそんなことじゃないかと言っていたよ」

「ホルへってだれのこと?」

「村の警官だよ」

「バッグは盗まれたのよ。後ろの座席においてあったのを、運転手が持っていっちゃったんだわ」

「おそらく運転手はうっかりしていたんだろう。きみは運転手に待っているように言ったのか?」

ジョージィは体をかたくした。「あの、わたしのことはわかっているものと思って……」

「タクシーのナンバーはわかってる?」

ジョージィは怒りをこめて首を振った。

「バッグはそのうちきっと出てくるさ。きみの不注意にはあきれるね」

「お説教は終わり？」

「おいてけぼりを食ったと知って、どうした？」

「タクシーが戻ってきそうにないとわかったときは、あたりにだれもいなくて、しかたなく歩きだしたわ……。それから、ヒッチハイクしたの。こう言っても信じてもらえないでしょうけど、トラックに乗りこんだとき、運転手はとても感じがよくて、おとなしそうだったの……」

「信じるとも。そいつは急ブレーキをかけて車をとめたにちがいない」ラファエルは皮肉っぽい口調でつぶやいた。「それでどうした？」

「男がお金をさし出したの。わたしが押しのけても、突き出してきたのよ。レイプされるかと思ったわ！」

「きみなら、自分の身は自分で十分に守れるさ。運転手はきみを娼婦と思ったんだ」

「何ですって？」かっとなって問い返した。

「お金をさし出した理由は何だと思う？　ボリビアでは女性はひとりで旅行などしないし、ヒッチハイクもしない」

「男が車からおろしてくれなかったとき、わたしがどんなに怖い思いをしたか、想像もできないの？」

「運転手はひっかき傷だらけにされたと、警察に通報したんだ。しかし、自分の半分しかない小柄な女に襲われたとあっては、近所の笑いものになると気づいて、自分から告訴をとり下げたのさ」

ジョージィは彼の言いぐさに腹が立った。すべて身から出たさびだと言いたいのだろう。

「きみは危ないところだったよ。面子《メンツ》をつぶされた腹いせに、さんざん殴られたかもしれないんだ。この国は四世紀にわたって、男性優位主義に支配されてきた。しかし幸運にも、たいていの旅行者はもっと自分の身の安全に注意を払ってる」

「わたしが自ら危険を招いた……あなたはそう言いたいのね！」

「運転手の証言では、軽いキスをして、膝に手をおいただけだそうだ。するときみが狂ったように暴れた。人前に顔を出してもくすくす笑われなくなるには、何週間もかかるだろうな」ラファエルはトラックの運転手に同情しているようだ。

沈黙が続いた。二人はあえて口をきこうとはしなかった。四輪駆動車はひどいでこぼこ道で激しく揺れた。もう一台は適当な距離をあけてついてきている。しばらくすると、ラファエルは車をとめておりたった。目を丸くして、ジョージィはラファエルが袋を開けて蛇を逃がしてやるのを見つめた。まあ、優しい人ね！　村人を驚かさないように気づかったのだ。わたしより蛇や村人のほうに親切なんだわ。

それは驚くことではなかった。四年前、ラファエルはあらゆる点でジョージィが落第だと、冷たく言いきったのだ。モラル、行動……特に男を挑発するような行動を、容赦ない言葉で徹底的にこきおろした。とはいえ、今でも胸がうずくのは、その言葉を冷静に受けとめ、威厳を持って無視するだけの知恵が、当時はなかったことだ。愚かにも、ジョージィは必死に潔白を証明しようとしたのだった。

〝しょせんは違う世界の人間さ〟義理の兄のスティーヴはあざわらったものだ。〝彼は、きみには理解できない異文化に属しているんだ。僕たちと同じぐらい上手に英語を話すからといって、だまされちゃいけない。ベルガンサは典型的なラテン・アメリカ人だから、出会った女性は二つに区分される。天使と娼婦にね。家族の一員は天使で、ベッドをともにする女は娼婦。結婚するときは、さしずめ修道院から天使をひとり選ぶんだろう。彼と同様に家柄のいい金持の娘をね。それできみはどっちに入れられると思う？〟

結局のところ、スティーヴが正しかったと証明された。あの残酷な夜、ラファエルとの短い関係に終止符が打たれた。ラファエルはわたしをまるで娼婦のように扱ったのだ……。当時の記憶に胸を痛めながら、ジョージィは現実に戻り、反抗的に暑苦しい毛布をはねのけた。そしてしなやかな、形のよい脚を伸ばして組んだ。ラファエルの意見なんか気にしないわ。わたしはもう愚かな、酔って正体をなくすような十代の小娘じゃないもの。

「ラパスではどこに泊まってる？」ふたたびエンジンをかけ、ラファエルが尋ねた。

ジョージィは答えた。会話はそこでぷっつりとぎれた。とたんに空気が濃密さをおびて、手でさわれるかのように感じられた。まるで火がつくのを待っている油のようだ。ハンドルを握るラファエルの手が緊張しているのを見て、ジョージィは思わず口もとに女らしい満足げな笑みを浮かべた。さんざん人を侮辱しておいて、ラファエルは基本的なところでは、わたしにまだ未練があるんだわ。

驚いたことに、ラファエルは車からおりて、ジョージィが泊まっている、みすぼらしいホテルの中までついてきた。おそらくラファエルは妹のところへわたしを連れていくつもりなんだわ。マリア・クリスティーナも、今ごろきっと帰宅しているにちがいない。でも、どうやってホテルの支払いをすればいいのかしら？　なくしたハンドバッグにはパスポートだけでなく所持金が全部入っていた。

ジョージィの部屋は爆弾でも落ちたようなちらかりようだった。昨日は大あわてで出かけたのだ。ジョージィは顔を赤らめながら、旅行かばんを手に、投げ出された衣類を拾いあげてつめこんだ。ラファエルはドアに寄りかかっていた。

「着替える間、外で待っていて」部屋には浴室はなく、洗面台があるだけだ。

「冗談もほどほどにしろよ」ラファエルの口調はひどくそっけなかった。

「冗談なんか言ってないわ」まさか彼の見ている前で裸になるとでも思ってるの？

すみれ色の瞳と黒い瞳がぶつかりあった。体に激しい衝撃が走る。電流のような、荒々しいエネルギーが伝わってくる。ラファエルの黒い瞳に見つめられて、罠《わな》にはまらないようにと心の中で気を引きしめようとしたとき、なまなましい興奮が体を駆け抜け、ジョージィは動揺した。

だめよ、まさかまたあんなことが起こるわけがないわ。ラテン・アメリカの男性の魅力には、もう免疫ができてるはずだもの。でもこんなふうに感じたのは初めて。鋭い戦慄《せんりつ》を感じ、また昔のように思慮に欠けた愚かな行動に走ってしまいそうだ。一時の衝動にかられてしゃにむに突っ走った十代は、もう卒業したはずよ。

ラファエルが近づき、ジョージィは凍りついたようになった。息をする音が耳に大きく聞こえる。

「きみは僕を堕落させるよ」

ラファエルの残酷な言葉に胸が張り裂けそうになった。四年前、ジョージィはラファエルを愛していると確信し、その感情を少しも隠さなかった。体の関係ができる前にラファエルが去っていったのは幸いだった。ところが、今またあの恥ずべき感覚が押し寄せてきた。ラファエルが恨めしかった。どうして、わたしをそんな安っぽい女のように言うの？

「ティーンエイジャーのころは、だれかにのぼせあがったりすると、わけがわからなくなるものよ」ラファエルの言葉のせいで動揺しているさまを見せまいと、ジョージィは笑い声まであげてみせた。

「しかし、きみはのぼせあがってたわけじゃない。きみは僕を愛していた」

ジョージィは息がとまりそうだった。持っていたバッグがぽとりと床に落ちた。突然、気分が悪くなり、くるりと彼に背を向けた。あれは愛ではなかった、愛なんかじゃなかったのよ……。ジョージィはあれ以来、そう自分に言い聞かせてきた。

「そして、まだ僕を愛している……僕にはわかる」くぐもった低い声が、二人の間の沈黙を引き裂いた。

「わたしにはわからないわ……全然！」ラファエルがこんな話を持ち出すとは思ってもいなかった。過去の話に触れられることはないと、ラファエルも紳士らしく忘れたふりをしてくれると思っていた。だが、状況は一変した。

ラファエルは力強い手を伸ばして、ジョージィを振り向かせた。「どうして嘘をつく？　僕たちはもう大人だ、きみが時と場所など関係なく、いつでも快楽に浸ることは知っている……それも魅力を感じた男となら、だれとでも」

「どうしてそんなことが言えるの？」

横柄な黒い瞳が、緊張して蒼白《そうはく》になっているジョージィをあざわらっている。ラファエルはもう一方の手をゆっくりと上げ、人さし指で彼女のふっくらした下唇の縁をなぞった。

「きみの正体を知ってる僕が怖いのか？　そんなこと、気にしないだろう？　おたがい好きである必要はないんだ、口などきかなくたっていい。一度でいいから、あのベッドできみを抱きたい。ベッドがみすぼらしくてもかまいはしない。きみが今まで出会った中で、僕は最高の男のはずだよ」

　唇をなぞる指先から、かすかなおののきが伝わってきた。「からかってるのね？」

「きみはいつも正直だった……こういうことにかけては。きみは僕が欲しい。僕もきみが欲しい。それなのに、なぜ愛しあわないんだ？」

「あなたなんか欲しくないからよ！　そこまで自暴自棄になってないわ」ジョージィは吐き捨てるように言って、ラファエルの手を振りほどいた。小さなブラの下で胸がかたく張りつめているのが恥ずかしかったし、無理やり手を振りほどいたのも恥ずかしかった。それにもまして、かつて愛した男性と親密な関係を分かちあいたいと、一瞬でも頭に思い描いた自分が恥ずかしかった。

　そうよ、愛していた。どんなに強く心を奪われていたかを知られていても、それを隠そうとするのは、なぜ？　ちっぽけなプライドを保つためだろうか？　〝僕たちはもう大人だ〟ですって？　何という侮辱だろう。彼は誘惑に勝てないというわけね。わたしは小汚いホテルの部屋で寝るだけの、貧弱な女にすぎないというのね。

「ここから出ていって」ジョージィはできる限りの威厳をこめて言った。

「もうロンドンまで訪ねてはいかないよ。そんな機会は二度とないだろう。きみの住んでいるところは知っているけれどね」

　ジョージィは、義理の兄スティーヴの所有しているテラスハウスの小さな屋根裏部屋に住んでいた。しかし、たった今ラファエルが言った重要な点について、ジョージィは気がつかなかった。わたしがどこに住んでいようと、何の関係があるというの？　一瞬不思議に思ったが、心が動揺していたので彼の言葉はすぐに忘れてしまった。

「どんな理由があって、ボリビアに来た？　僕とまた顔を合わせるとわかっているのに……。きみはそれを望んでいたんだ、そうだろう？」

「よくもそんなこと！　あなたとは関係ないわ。まったくありません！」

「証明したまえ」そう言うと、ラファエルは前触れもなく手を伸ばし、ジョージィを引き寄せた。

「放して！」

ラファエルの唇が貪欲《どんよく》に、熱っぽくおおいかぶさってきて、ジョージィの唇をこじ開けた。世界が百八十度回転したかのようだった。体中のあらゆる感覚が激しいショックに打ち震える。ラファエルの舌が巧みに敏感なところを探り、大胆に進入してきた。骨までとろけそうになって、目覚めさせられた熱い興奮に、ジョージィは思わずうめき声をあげた。

ラファエルはゆっくりと顔を上げた。「あのベッドに行くかい？　それとも空港へ行く？」ラファエルはさらりと言うと、陶然としているジョージィの顔を満足そうに見た。

「選ぶのはきみだ」

2

「空港へ?」ジョージィはぼんやり繰り返した。

「家へ戻る飛行機に乗るためにね」ラファエルは容赦のない、残忍な笑みを浮かべている。

「でも、わたしは帰国なんかしないわ」ジョージィはゆっくりラファエルから離れた。頭の中はまだキスの名残で朦朧《もうろう》としている。だが、それを彼に悟らせるわけにはいかない。

「マリア・クリスティーナの家に行くの」

「妹はカリフォルニアだよ」

「カリフォルニア?」驚いて、またおうむ返しにきき返した。

「アントニオの母親のローサがいるんだ。マリア・クリスティーナとローサはとても仲がいい。妹は初産だし、僕たちの母は亡くなったから、こういうときは夫の母親に頼るのが当然だろう」

「でも、つい二週間前、招待の手紙をもらったばかりよ。赤ちゃんが生まれるまで、そばにいてほしいって」

「サンフランシスコ行きは先週決めたんだ。きみが来るとは思わなかったんだろう」

「チケットのキャンセル待ちをしていたの。飛行機に乗る前の晩、電話で連絡しようとしたけれど、留守だったので……」

「それでも、きみはやってきた」彼の口調には皮肉がこめられていた。

「驚かせたかったのよ！」むっとして切り返した。「どうしてもっと前に話してくれなかったの？　わたしがマリア・クリスティーナを訪ねてきたのは、わかっていたでしょう？」

「四年前、マリア・クリスティーナには近寄るなと言ったはずだ。きみは妹の友達にはふさわしくないし、僕だってきみに未練はない」

「あなたの気持なんか、どうでもいいわ。わたしたちの友情は、あなたに関係ないでしょう」

ジョージィの瞳に涙が浮かんだ。強がりも限界に来ていた。親友の家に滞在するのは本当に楽しみだった。その望みは絶たれた。大学を出たばかりの教師、それもまだ勤め口が見つからない身には、こんなにお金のかかる旅は今後いつできるか、わからなかった。

マリア・クリスティーナのほうからロンドンに来ることはないだろう。彼女は家庭的な女性で、イギリスの寄宿学校で学んだのも亡くなった母親の願いをかなえるためだった。卒業したら二度とボリビアを離れるつもりはないと言っていた。そして旅行嫌いの医師と結婚したことで、夫の母を訪ねる以外、ますます国から出る可能性は少なくなった。

「僕の家族をおびやかすことは、すべて僕に関係がある」

「おびやかす？　わたしがあなたの家族をおびやかすというの？」

「妹を傷つけるようなことは許さない。きみが実際はどんな女なのかわかったら、妹は傷つくだろう」

「わたしがマリア・クリスティーナを傷つけるようなことには絶対ならないわ。それより理想の兄と思っていた人が、本当は屑《くず》のような人間だとわかったときのほうが、もっと傷つくでしょうね！」

「僕が何だって？」黒い瞳がきらりと光り、ハンサムな顔だちが急に冷たさをたたえた。

ジョージィは鼻を鳴らした。ほかの人間はだませても、わたしは彼の正体を知っている。

ラファエルは、たった今さらけ出したように、心の底で激しい欲望を抱いているのだ。

「わかってるでしょう？　悪いけど、あなたの誘惑のしかたは申し分ないとは言えないわね」

「誘惑する必要もなかったけどね。きみのあえぎ声は部屋中に響いたよ。男ならだれとでもベッドをともにする。僕にだけ特別な反応を示したなんて、買いかぶるつもりはないよ」

ジョージィは体が激しく震えてきた。顔から血の気が引く。喉がからからに渇いて息もできないほどだ。ラファエルの刺すような瞳には、怒りが燃えたぎっていた。

「あんなの好きじゃないわ」ジョージィは背を向けてつぶやいた。

ほかに言いたいことはたくさんあったが、何を言いだしてしまうか自信がなかった。かつてはラファエルに弁解しようとした。だが、彼は聞く耳を持たなかった。ジョージィの訴えを怒りとともに退け、彼女が彼を裏切ってほかの男とベッドをともにしたと決めつけた。あとになってジョージィは、自分が汚され、侮辱された気がした。あんな思いは二度と味わいたくない。

沈黙が訪れた。

「ここの勘定を自分で支払えるのか?」

ジョージィは黙って首を横に振った。

「それじゃ、僕が払っておく」

数分後、ジョージィもロビーへおりていった。ラファエルがフロントデスクにいたが、そちらへは目もくれず、むっつりとレンジ・ローヴァーに乗りこんだ。ラファエルは空港へ連れていき、イギリス行きの飛行機に乗せるつもりだろう。もうどうにでもなれという気分だった。

「パスポートの問題は、あなたが解決してくれるんでしょうね」ラファエルが警官を買収していたときの光景が浮かぶ。

「パスポートの問題って?」

「バッグの中に入れておいたの」

ラファエルはスペイン語で悪態をついた。

「あら、遠慮はいらないわ。英語でおっしゃいよ」やり返す声が思わず涙声になった。

「わたしのこと、ばかな女と思ってるんでしょう!」

「ジョージィ……」ラファエルの深みのある声の響きが、苦々しい思い出をかきたてる。

「泣くな」

「泣いてなんかいないわ!」

しばらくしてラファエルは車をとめると、ジョージィを残してどこかへ行った。彼を待つ間、深い絶望感にとらわれていた。十分ほどのちにラファエルが戻ってきても、顔を上げることすらできなかった。

「ほら、これを着て」ラファエルがドアを開け、黒いコートをさし出した。

「何、これ?」

「買ったんだよ。空港内をそんな格好では歩けないだろう」

確かに服は破れ、汚れきっていた。ジョージィは、シルクの裏地のついた高価なコートに袖《そで》を通した。羽根のように軽い。丈が長くて、まるで尼僧服のようだ。黙ってラファエルの指がボタンをかけるのを見つめる。ラファエルは器用ではないのか、驚くほど時間がかかった。

ラファエルがいろいろな女性とつきあっていることは、学校時代よくマリア・クリスティーナから聞かされたものだ。ラファエルは男性の魅力そのものを体全体から発散させている。とりまく空気まで熱くしているようだ。経験豊かで、女性の扱いには慣れているはずだ。それなのに、どうしてコートのボタンをかけるぐらいで手間どっているのかしら？

ふとジョージィはきらきらした瞳と目を合わせてしまった。稲妻に打たれたような衝撃が走る。

アフターシェーブ・ローションのほのかな香りとともに、すがすがしい男のにおいが鼻をくすぐる。ジョージィの胸は痛いほど緊張し、体の奥のほうで熱いものが渦巻いた。近くで咳払《せきばら》いする声がした。ラファエルの瞳から視線を引きはがすようにそらすと、一、二メートル離れた場所に立っているボディガードと目が合った。それまでラファエルもジョージィも、まわりをまったく意識していなかった。ラファエルの体をこんなにまで強く意識している自分に打ちのめされ、ジョージィは彼に背を向けた。

黙ったまま、二人は空港へ入っていった。ジョージィはふわふわした気持で、脚にも力が入らなかった。疲労とストレスと空腹がどっと押し寄せてきた感じだ。

人ごみをかき分けるように警備員が現れ、二人を先導して空港を抜け、人けのないコンコースに案内した。ほかに乗客がいる気配はない。始発か最終便か、いずれにしろイギリス行きの飛行機に乗せられるのだ。

わたしがちゃんと飛行機に乗るかどうか、ラファエルは確認するつもりなんだわ。まるで不名誉な国外退去処分を受けているみたい。そう思いながら、別れの言葉を言おうとラファエルの目を見たとたん、くらっとめまいがした。暗闇《くらやみ》が目の前に垂れこめ、ジョージィは気を失った。


「じっとして」ラファエルがジョージィの肩に手をおき、座席に押し戻した。椅子は座り心地がよく、シートベルトが締められていた。「また卒倒してもらいたくないからね」

「卒倒なんかしてないわ、ちょっとぼうっとしただけよ！」彼女は吐き捨てるように言うと、ラファエルの手から身をよじって逃れようとした。「それに、その濡《ぬ》れた布を顔からどけてくれないかしら？」

「少しは楽になるかと思ったんだが」

「あなたの助けはいらないわ」ジョージィは目を合わせないようにそっぽを向いた。

飛行機の乗務員全員が、濡れたタオルや気つけ薬、水とブランデーのグラスを持ってうろうろしている。そのうち操縦士まで出てきて、酸素吸入はいかがなんて言われそうだ。まったく、大騒ぎはやめて！　次の瞬間、ジョージィは信じられない思いで、すみれ色の目をみはった。通路の反対側の丸い窓の向こうを雲が流れていく。飛行機はもう離陸している！

「飛行機の中で、あなたは何をしてるの？　もう離陸してるのよ！」

ラファエルは立ちあがると、すばらしい仕立てのズボンについたしわを伸ばし、乗務員に何か言った。すぐにみんなの姿が見えなくなった。ラファエルはしなやかな体を反対側の座席に沈めてから、まつげの濃い黒い瞳でジョージィを見つめた。

「これは僕の専用ジェット機なんだ」

「あなたの何ですって？」ジョージィは唖然《あぜん》とした。

「これからきみを僕の家に連れていく。パスポートが再発行されるまでは、ボリビアを出国できないからね」

「でも、あなたについていく必要はないわ」

「処刑場へ引かれていく罪人みたいに？」

「何を言いたいのかわからないわ。わたしをさっきのホテルに残しておけばいいのよ。でなければ、独房から出してくれたときみたいに、その筋の人に賄賂《わいろ》を贈ることもできたはずよ！」

「どうしてそんな汚名を僕に着せるんだ？」ラファエルは怒って大きな声をあげた。「僕は今まで一度だって賄賂など贈ったことはない」

「警官にお金を渡すところを見たわ」

ラファエルはまじまじとジョージィを見た。「そんなことを言うなんて、信じられないよ。あの金は、村の司祭へ渡すように言づけただけだ。村の教会の屋根が崩れ落ちたので、直してもらうために寄付したんだ。警官のホルへがきみのことで骨を折ってくれたので、それに報いたかった。僕と親しい関係だときみが言うのを聞いて、迷惑がられるかもしれないと覚悟しつつ、僕に電話をしてくれたんだからね。彼の忍耐と誠実な気持がなかったら、きみはまだ独房にいるはずだ」

ラファエルの説明で村人の示した態度に納得がいった。顔が真っ赤になる思いだったが、ジョージィは謝りはしなかった。

「あのトラックの運転手はきみのことで嘘《うそ》をついていたが、とりあえず訴えはとり下げたよ」ラファエルは淡々と続けた。「誤解だけはといておいた」

ジョージィはうなだれた。空っぽの胃が悲しい音をたてた。「お説教の間、何か食べさせてくれないかしら?」

「何も食べてないのか?」

「昨日の朝食のあとからずっと」

「まったく……《ポル・ディオス》どうしてそう言わなかった?」

さっそく電子レンジで調理した食事が運ばれてきた。少なくとも食べている間は、しゃべらなくてすむ。その間に考えを整頓《せいとん》できる。

〝僕の家に連れていく〟ラファエルはそう言った。まるでわたしが迷子の犬か猫みたいな言いかただった。〝家〟というのは、アマゾンに近い広大なサバンナの中にある先祖伝来の土地のことだ。そこへ連れていかれると考えただけで、ジョージィは身震いがした。学生時代、マリア・クリスティーナが大農園《エスタンシア》へジョージィを連れていきたいとどんなに頼んでも、ラファエルは頑として許さなかった……。

昔の記憶が戻ってきた。ジョージィは成績がよかったので、学費援助を受けながら上流のお嬢さま学校に通っていた。マリア・クリスティーナと出会ったのは六年生のときだった。学期のなかばに家に招待したところ、後見人の兄ラファエルが許してくれないとマリア・クリスティーナに言われて面食らった。兄がまずジョージィと両親に会ってからでないとだめだと言うのだ。

ラファエルから、ジョージィを妹と一緒に午後連れ出してもよいかという電話をもらって、彼女の父親はおもしろがったものだった。

「近ごろの若者にしては、よく礼儀をわきまえてるな」

学校の前の石段をおりていくと、リムジンがすっと寄ってきたときのことは、今でもはっきり覚えている。マリア・クリスティーナの話しぶりからお金持なのだろうとは推測していたが、運転手とガードマンつきの大型リムジンまでは想像がおよばなかった。ラファエルがおりてきた。ジョージィは彼の顔に目が釘《くぎ》づけになってしまい、石段の最後を踏みはずし、危うくころぶところだった。

ラファエルがすかさず手をさし伸べて支えてくれた。彼は軽く笑いながら、琥珀《こはく》色のきらめきをたたえた黒い瞳で、ジョージィのばつの悪そうな顔を見つめた。「妹の話では、きみは事故にあいやすいたちなんだってね」

マリア・クリスティーナが紹介してくれると、ラファエルは握った手を放さずに熱心にジョージィを見つめていたが、不意に頬骨のあたりをかすかに赤らめて後ろへ身を引いた。

ラファエルはリッツ・ホテルへ二人を連れていき、午後のお茶を楽しんだ。ジョージィは借りてきた猫のように口数少なく、ひどくはにかんでいた。こんな気持になったのは初めてだった。出会った最初の瞬間から、ラファエルに強烈に引きつけられてしまった。

リッツ・ホテルでのお茶のあと、ラファエルはハロッズへ二人を買い物に連れていった。マリア・クリスティーナはごく自然に、こまごましたものにありったけのお金を使った。ラファエルは妹に金のロケットを買い、同じものをジョージィにもプレゼントすると言ってきかなかった。ラファエルが二人をジョージィの家まで送り届けると、両親は彼に夕食を一緒にどうぞと勧めた。

親友とその兄がものすごいお金持であるとわかり、ジョージィは最初、居心地の悪い思いがした。父は小学校の教師で、継母のジェニーは郵便局で働いていた。家はこぢんまりした小さな二軒長屋。隣近所の人たちは大型リムジンを見にわざわざ外へ出てきたぐらいだ。だがラファエルとマリア・クリスティーナは、ジョージィの家族と一緒にすっかりくつろいでいた。その日は義兄のスティーヴは家にいなかった。

「ラファエルがあなたのことでひとつだけ質問したの。それを知りたい？」兄が帰ってから、マリア・クリスティーナが笑って言った。「あの髪の色は天然なのかって？」

その後の学校生活で、ジョージィはマリア・クリスティーナが学期末に兄と出かけるときはいつも一緒だった。しだいにラファエルに対する恐れはなくなっていった。どきりとさせられるような笑顔をほんのまれに一瞬だけ見せられるうちに、無視されていないらしいのはわかったが、その反面ジョージィに対して厳しく一線を引いていることもわかってきた。

「ラファエルはあなたが好きよ」一度だけ、マリア・クリスティーナが言ったことがあった。

そのほかにも、ラファエルの言葉を教えてくれた。

「あなたはおもしろいって……」

「あなたは頭がいいって思ってる……」

「スペイン語を勉強しないのは、なぜかなって言ってるわよ……」

そんな言葉は何と希望をかきたててくれたことだろう！　だが、いい知らせばかりでもなかった。

「あなたは遊びすぎだと思ってるわ……」

「あれより短いスカートをはいたら、逮捕されるって言ってるわよ……」

ジョージィは、常に身につけているロケットの中に、だれの写真を入れているかはマリア・クリスティーナに決して言わなかった。あるときラファエルの前でその秘密をからかわれ、ジョージィは途方に暮れた。妹を黙らせたのはラファエルだった。黒い瞳がジョージィの不安げなまなざしをとらえて、ふっと口もとに笑みを浮かべた。ラファエルは中に自分の写真が入っていることを見通していたのだ。

最後の期末試験の数カ月前、スポーツ大会で、ジョージィはひとつ年下のダニー・ピーターズに会った。ダニーはつきあっていた恋人と別れたばかりで、ジョージィは軽い気持で慰め役になってあげた。学校主催のダンスパーティーに誘われたときも、友達の手前格好をつけたいのだとわかって承諾した。その夜はとても楽しかったが、それ以上何もなかった。ところがマリア・クリスティーナは、ダニーをジョージィの恋人と決めこんでしまった。

一週間後、ジョージィが帰宅すると、真っ赤なフェラーリが私道にとまっていた。家に駆けこんだジョージィは、ラファエルを目にして足が動かなくなってしまった。妹を連れずにラファエルが来ている。どうして？　何があったの？

「ラファエルは、ドライブでもどうかっておっしゃるのよ」継母がうわの空でもごもご言った。「着替えてらっしゃい」

寝室の前で、スティーヴに腕をつかまえられた。「あいつはきみをばかにするつもりさ。しかし金持にはかなわないよな。母さんがあいつの肩を持つなんて、信じられないよ」

ラファエルが来てくれた喜び、初めて彼と二人きりになれた興奮……。あのすばらしい午後のひとときを思い出すと、今も胸が高鳴る。その日、ふわふわした足どりで、ジョージィはフェラーリに乗りこんだのだった。

車をバックする前に、ラファエルは片手を上げ、落ち着いたしぐさでジョージィのロケットを開けてみた。そしてにっこり笑うと、ジョージィの唇にじらすような軽い口づけをして、赤い薔薇《ばら》の花束を膝の上においた。「だれかほかの男の写真が入っていたら、きみを殺していたかもしれない」

ラファエルは自信満々で、それを隠そうともしなかった。まるで事前に用意された計画にすっかりはめられたような複雑な気持になり、ジョージィは何となく自尊心を傷つけられた。確かにラファエルに夢中になったとはいえ、それを見透かされているのは気に入らなかった。

十八カ月の間、ジョージィはラファエルが関心を示してくれるのをひたすら待ち続け、いつかは彼の恋人になることを夢見ていた。そんなジョージィの思いを、ラファエルはちゃんと知っていた。だが、彼とつきあっていることは、妹に隠しておくようにと言われた。

親友に話せないのはつらかった。あとになって、黙っていてよかったと思ったけれど……。

「コーヒーが欲しくないかって、きいているよ」

ジョージィははっと顔を上げた。客室乗務員とラファエルがいぶかしげな顔つきで見ている。

「ええ、いただくわ」ジョージィはあわてて答えた。

ラファエルがミルクと砂糖を入れるようにとつけ加える。

ジョージィは体をかたくした。今は何も入れずにブラックで飲むのが好きだ。四年前、ラファエルはジョージィの食べ物まで選び、ワインはほんのたまにしか飲ませてくれなかった。

〝あれじゃあ鞭《むち》を振り回す暴君だな〟あの最後の夜、ラファエルの支配的な態度を見て、スティーヴは皮肉った。〝あいつに食べ物まで好き勝手にさせるなんて、信じられない。飲み物が欲しけりゃ、僕が頼んでやるよ！〟

そうして、スティーヴはただラファエルの邪魔をするだけのために、ジョージィに何杯もお酒を飲ませた。そんなばかなことが、あとでどういう結果を招いたかは、思い出したくなかった。

ジョージィはおぼつかない手でカップをとり、コーヒーを飲んだ。思い出したくないのに記憶が勝手によみがえってくる。

あのとき、義理の兄とラファエルが反目しているのがわかると、ジョージィは動揺した。どちらが悪いのか決めかねた。かわいい妹がほかのだれかの言いなりになっているのが我慢ならなくて、わざと邪魔するスティーヴが悪いのか。あるいは激しやすいスティーヴに対して、事を荒立てないつきあいもできるはずなのに、決してそうしようとしないラファエルが悪いのか。

あのころ、ジョージィはフォト・ジャーナリストとして成功したスティーヴをとても自慢に思っていた。血のつながりはないが、四つ年上の兄だったし、何かにつけてスティーヴの意見を求め、助言を聞いていた。だが、そのつながりも、ジョージィがラファエルをなくした同じ夜に、ほぼ完全に断ち切られたのだった。あの夜は本当に人生最悪の夜だった……。

「ルーレナバクだ」ジェット機が着陸すると、ラファエルが教えた。

眼下には、アマゾン流域をおおう深い森林地帯が広がっていて、そのすばらしい眺めにジョージィは目を凝らした。

着陸から三十分もしないうちに、今度はヘリコプターでまた二人は空に舞いあがった。人跡未踏の原始林の上を飛び、ぽつんとそびえる台地やうねうねと流れる黒い河が現れたかと思うと、やがて、何世紀も前に放牧のために切り開かれた熱帯雨林が、広大な草原に変貌《へんぼう》した土地が見えてきた。

「ひと休みしたいだろう」ラファエルはジョージィに続いてヘリコプターからおりたった。口調がどこか変に思え、ジョージィは思わず振り返った。冷たい黒いまなざしとぶつかった。つぐんだ口もとには厳しい表情が浮かんでいるし、面立ちにも緊張があふれている。わたしにここにいてほしくないんだわ。身を守るようにジョージィは視線をそらした。それなら、なぜわたしをここに連れてきたのだろう？

「空港では、イギリス行きの飛行機に乗せるつもりでいると思わせたわね。どうして本当のことを話してくれなかったの？」

「誘拐するのに、前もって何をするつもりか説明する理由はないだろう？」

「冗談を言ってるのか、本気なのか、全然わからないわ」

「そのうちわかるさ」ジョージィの顔を、無表情な黒い瞳がじっととらえた。「きみに教えてあげるのが楽しみだ」

3

大農園《エスタンシア》の中に、スペイン様式の壮麗な白亜の館《やかた》があった。何世代にもわたって改築されたらしく、広大な建物のあちこちにさまざまな手が加えられている。まわりを低木や青々とした樹木の植えられた華麗な庭園がとりまき、その向こうには遠くのほうまでいくつもの建物が連なっているのが見える。マリア・クリスティーナの話では、エスタンシアはそれ自体が独立した世界を作っていて、牧童やその家族のための家はもちろん、小さな学校や教会もあり、ラファエルがときどき開くビジネス会議のための宿泊施設もあるという。

二人が屋敷の正面の優雅なベランダに近づくと、小柄でまるまると太った女性が現れた。スペイン語で声をかけたラファエルに、その女性はにっこり笑い返した。だがジョージィを見たとたん、びっくりしたような表情を浮かべ、ラファエルに向かって抗議とも受けとれる言葉をつぶやいた。

ジョージィは居心地の悪い思いをかみしめた。わたしのことを話しているのかしら？

でも、話題にのぼるわけがないわ。わたしはパスポートが再発行されるまで、ベルガンサ家に滞在するだけの人間なのだから。

ラファエルが独房に入れられたわたしを助けに来てくれたのだって、わたしが妹の友人という理由だけからよ。もし、兄が妹の友人を救わなかったと知ったら、マリア・クリスティーナは大変なショックを受けただろう。

ラファエルはしかたなくわたしの前に現れたにちがいない。マリア・クリスティーナは、兄と親友がたがいにどんな気持を抱きあっているのか、考えもおよばないはずだ。そうなったいきさつは、二人ともマリア・クリスティーナに知られたくなかった。ラファエルが手を打てば、パスポートは記録的な短時間のうちに再発行されるだろう。

「家政婦のテレイサが、きみを部屋へ案内するよ」ラファエルがけだるい口調で声をかけた。

テレイサは石像のようなかたい表情を浮かべていた。一礼したあと、家政婦はジョージィについてくるようにと手で合図した。

壮大な玄関に入ると、ぴかぴかに磨きあげられた木張りの廊下に豪奢《ごうしゃ》なペルシア絨毯《じゅうたん》が敷かれていた。ラファエルは、彫刻のほどこされたドアの中に姿を消した。飾り模様のある錬鉄の手すりの階段が、二階まで螺旋《らせん》状に伸びている。

ジョージィはテレイサのあとについて階段をのぼっていった。壁は何枚もの絵画でおおわれている。二階にも分厚い絨毯が敷きつめられ、ひと足ごとにヒールをひっかけそうになった。メロドラマの開幕を告げるように、一室のドアが大きく開かれた。

「なんてすてきな部屋……」

繊細な形のつややかなアンティークの家具から、レースをふんだんに使ったベッドに至るまで、目をみはるばかりに女らしい部屋だった。レモン色、ブルー、そして純白。ジョージィの好きな色ばかりだ。バルコニーには、鉢植えの花がいっぱいに咲き乱れている。

うっとりしながら、ジョージィは化粧室のドアを開けてみた。奥には、大理石のジャグジーバスの据えられた、贅沢《ぜいたく》の限りを尽くした浴室があった。金箔《きんぱく》をあしらった鏡には、金の人魚が飾られている。人魚ですって？　少女時代、ジョージィは人魚や一角獣のお話に夢中だった。おかしな既視感《デジャヴュ》に襲われて、背すじが寒くなった。

「ここは、変てこな浴室でね」テレイサが後ろから声をかけてきた。「変てこな浴室が気に入りましたかね、セニョリータ？」

ジョージィはからからに乾いた唇を舌先で湿らせた。ふとベッドの反対側の壁にかけられた絵が目に飛びこんできた。絶妙なタッチで描かれた、森にいる一角獣の油絵だった。まるで夢を見ているような気がする。

テレイサが答えを待っているのに気がつき、ジョージィは力ない声で答えた。「浴室も、部屋も気に入ったわ。でも、ちょっと……疲れたみたい」

「ディナーは九時です。メイドに荷物をほどかせます」テレイサは壁の呼び鈴のひもを指さした。「ご用のときは、呼んでください、セニョリータ」

部屋はジョージィの趣味とあまりに一致していた。靴を脱ぎ捨て、ベッドに横になる。もう少ししたら顔を洗い、着替えて部屋の中を探索しよう。思いがけずエスタンシアに滞在することになったのだから、この機会を精いっぱい利用しなくては。ラファエルのおかげで、何日か余分にボリビアに滞在できることになったのは、感謝したいくらいだった。

目が覚めると、ベッドサイドの明かりがついていて、カーテンが引かれていた。時刻を確かめ、ジョージィはあわてて飛び起きた。眠っている間に、わずかばかりの衣服が広々としたクロゼットにかけられ、どれもこれもしっかりアイロンまで当てられていた。持ってきたスカートとジャケットは、こざっぱりとはしているが冬物ばかりだ。暑い土地用のカジュアルな服装は、二年前に家族とマジョルカ島で休暇を過ごしたときに着たものしかない。

お風呂につかりたかったが、シャワーを浴びる時間しかなかった。卒業式に着た優雅なデザインの白いワンピースを着る。波打つ豊かな髪にさっとブラシをかけ、数少ない化粧品の中から控えめに頬紅と口紅を塗った。

階下におりるとメイドが正式な居間へ案内してくれた。重苦しさを感じさせる部屋だ。近づきがたいほど端整な顔だちの男の肖像画を見ていると、背後のドアが開いた。

「きみの部屋は居心地がいいだろう?」

振り向いて、ラファエルを見たとたん、ジョージィは胸が締めつけられた。ディナージャケットに、エキゾチックな小麦色の肌を引きたてる真っ白なシャツ、そして黒い瞳……。

ジョージィは身をこわばらせて視線を引きちぎるようにそらし、そばのソファに腰をおろした。「ええ、とても」答えもぎこちない。

「飲み物は何がいい?」

ジョージィはさらに緊張した。「何でも」

ラファエルはキャビネットのほうへ歩いていった。グラスがぶつかる音がする。どうやったらラファエルは、こんなに冷たい言いかたができるのだろう? 墓をあばかれた死者のような気がして、ジョージィはうつむいた。ラファエルなんか、大嫌い。

多感だったころにラファエルから与えられたダメージを思うだけで、体中の血が逆流する。今朝、ホテルの部屋でラファエルにキスされたことで、過去の苦い思い出が一挙に呼び覚まされた。遠い昔にかき消したはずの感情まで、なまなましくよみがえった。

ホテルの部屋でキスされたときは、激しく反応してしまった。四年前の記憶が、かき消してもかき消しても頭に浮かぶ。あのころ、ラファエルは本当にたくさんのことを教えてくれた。ラファエルと一緒にいると、わたしはいつも敏感になること。彼の腕に抱かれると抑制がきかなくなり、抑えようのない熱情にとらわれて、モラルなどどうでもよくなってしまうこと……。

ラファエルが望みさえすれば、最初のデートの日にベッドをともにすることだってできただろう。ラファエルが去ってずっとのちまでも、ジョージィはひとり苦しんだものだった。ラファエルが触れると何もかも忘れてしまう節度のなさが、ひどい誤解を招いた原因だったのではないかと。

ああいう男は結婚相手に天使を選び、ベッドの相手には娼婦《しょうふ》を求めるんだ――ラファエルについてのスティーヴの寸評がよみがえってくる。結局、義兄が正しかったのだ。そんな男から逃れられたのは、運がよかったのよ。

ラファエルは今も変わっていない。わたしはなぜキスを許し、反応してしまったのだろう？　わたしはもうティーンエイジャーではない。肉体的な経験こそないけれど、情熱にかられたとしても、とりたてて驚くことではない。今朝、彼のキスに抵抗しなかったのは……。

なぜならキスされたかったからよ。胸の奥で、冷ややかな声がした。ぎょっとして、青白い顔が赤くほてってった。その瞬間を狙《ねら》ったかのように、ラファエルがジョージィの指の間にグラスをさし入れた。

「テキーラ・サンライズだ」ラファエルがゆったりと言う。「これには特別の思い出がある。きみ、今夜はがぶ飲みするつもりはないだろうね」

ジョージィは恐ろしいものを見るようにグラスを見つめた。一杯の毒液をさし出されたとしても、こんな恐怖を感じることはなかっただろう。このカクテルをひと口飲んだら、吐き出してしまうかもしれない。あの、四年前の最後の夜……。まるで背中に鞭《むち》を当てられたように、ジョージィはびくりと細い肩をすぼめた。残酷な人……。屈辱感に涙がこみあげ、急いで目を伏せた。

「覚えているんだな」

激しい敵意が胸の内を駆け抜けて、ジョージィはぐっと顔を上げた。すぐにグラスを唇に持っていき、まるで六カ月ぶりに陸に上がった船員のように、一気に飲み干した。怒りで何の味もしない。「ごちそうさま」

わたしが恥ずかしい思いをするのを期待していたのだったら、おあいにくさま！

「ディナーの前にもう一杯いただく時間はあるかしら？」ジョージィは挑戦を敢然と受けて立った。わたしのことをふしだらな女で、おまけに酔っぱらいだと思いたいのなら、勝手にそう思えばいいわ。

ジョージィはもともと陽気で、感情が激しやすく、自説を曲げない性格だった。ところがラファエルはそんな性格をしっかり抑えつけ、もう少し控えめにしなくてはならない、とジョージィに感じさせた。ラファエルの望みどおりの女性になれなければ見捨てられると恐れて、ジョージィは言われるままにしおらしくしていた。だが、それもラファエルの傲慢《ごうまん》さに我慢ができなくなるまでのことだった。

飲み物のお代わりがきた。

「あの夜の申し出をのんでいたらよかったと、ときどき思ったものだよ」ラファエルは金色をおびた黒い瞳でジョージィの顔を穴のあくほど見つめた。「しかしそうしていたら、僕が大切にしている主義が打ち砕かれてしまっただろう。酔った勢いで女性と関係を持つようなことは、決してしないのでね。だが、きみについては誤算だった。僕が初めての男ではないと、わかっていたら……」

「言わせてもらいますけど、あなたにとってわたしが初めての女性じゃないって、わたしにもわかっていたわ！」怒りがこみあげてきて、ジョージィはやり返した。あの夜わたしが大胆な行動に出たことを言いたてて、いまだに責めるなんて。

「当たり前だろう。何を期待していたんだ？」

ジョージィはカクテルをぐいと飲み干した。「ああ、フェラーリの中で体を奪われるなんて一生に一度のチャンスなのに、わたしったら自分でふいにしてしまったのね！」ジョージィは深く後悔しているようにまつげをぱちぱちさせながら、大学で素人劇団に出演したときのように演技を楽しみ始めた。「せっかくの機会を逃したとは残念ね。もちろんあなたは、自然の流れに身をまかせるタイプじゃないわよね？」

「特に、人目の多い駐車場ではね。それにしても、あの夜のことを、きみがそれほどさらりと口にできるとは思ってもいなかったよ」

「どうして？　結局、四年前にだまされたのはあなたひとりではないのよ。わたしだってそうなんだから」

「きみが？」

「あなたは印象とは違ってるのよ。率直に言わせてもらっていいかしら？」

ラファエルはグラスにもう一杯酒をつぎながら、ジョージィに険しい目を向けた。彼の過大な自負心をほんの少しでも痛めつけ、傷つけられたと知るのは気分がよかった。

「ご自由に」

「そう、じゃあはっきり言って、わたしはあのころ、恋に恋してただけだったのよ。あなたに夢中だったたって思われているらしいけど、そんなの十代の女の子によくあることだわ。わたしってすぐ感激してしまうタイプでしょう。あなたのリムジンや話しかたにぐっときちゃったの。それだけ」ジョージィは陽気な女を演じた。「たとえあなたが英語をひと言もしゃべらなかったとしても、きっと胸がじんとしたはずよ。自分勝手に夢を描いて恋しちゃったのね」

「僕の夢を見て？」

「恋した人なら、だれでも。男性の中には正しい方向へ背中を押してあげる必要がある人もいるもの」

「僕は押してもらう必要はない」

話が少し核心に迫りすぎた気がして、ジョージィはぱちぱちまばたきして頬を赤く染めた。「まあ、すばらしいこと」

「印象とは違っていたって、どういう意味だ？」

「きかないほうがいいわ。おしゃべりがすぎたみたい。あれはもうずいぶん前の件だから……」

「しかし僕は聞きたいな」

「そうね、つまり、あなたに期待したのは……」

「僕に期待したのは？」

「悪い評判どおりにふるまってほしかったの。でも、そうじゃなかったのよね」ジョージィの言葉にはあからさまな毒があった。「あなたは信じられないくらい情熱的でセクシーだと思っていた。でも、率直に言って、がっかりしたわ」

「僕もずいぶんがっかりしたものだよ、きみに家へ送ってくれと言われたときは」目を険しく細めていても、濃い真っ黒なまつげの下から、瞳のきらめきがのぞいている。「きみは泣きながら懇願して、嘘《うそ》をついた……」

「あれは病気のようなものよ。あのときあの場所で、恋は終わったの。おかげさまで、あれ以来、恋の幻想にとらわれなくなったわ」

「僕ときみの間にあったものは、愛とは関係ないと言うんだね」

ジョージィは関節が白く浮かびあがるほどグラスを強く握りしめた。「わたしたちの間には何もないわ」

「僕の顔を見て言うんだ」

ジョージィは胸がずたずたに引き裂かれたような気持だった。ほんの少し前はゲームをしている感じだったのに、愚かな虚勢を張ったせいで、今は追いつめられている。

「僕を見て」

日ごろから絶対的な権威をふるうのに慣れた男性の発する命令は、ジョージィの緊張をいやがうえにも高めた。しなやかな手がグラスをとりあげる。強い力で腕をつかまれ、ジョージィはびくっとした。一瞬、手を振りほどこうとした。

「だめだ。きみは僕が欲望を楽しんでいると思うのか？　欲望をかきたてられて満足しているとでも？　今度は引き下がる気はない。欲しいものを手に入れるつもりだ。きみには貸しがある」

ジョージィは怒りで体が震えた。「あなたに借りはないわ、何ひとつ！」

「しかし、きみは僕にすべてを与えるつもりでいる」

ラファエルはジョージィをぐっと抱き寄せ、慣れた手つきで胸のふくらみに手を這《は》わせた。ジョージィの体はなすすべもなく震えた。

「さわらないで！」パニック寸前になり、何とかラファエルの手から逃れようとしていると、彼の人さし指は無遠慮にも、つんとドレスを突きあげている乳首を撫《な》でた。

「きみの恋人たちは、こんなに簡単にきみを興奮させられるのかい？」ラファエルはかがみこみ、ジョージィの唇に舌の先でそそるようにキスした。

「そう、みんなそうよ！」ジョージィはぴしゃりとやり返した。

「しかし僕は、去ったあともずっときみの思い出に残る男だろうな」ジョージィがはねつけようとしても何の効果もなく、力のこめられた手が腰を包みこんで、より体を密着させるように引き寄せた。

気持とは裏腹に、ジョージィの体に火がついた。目を閉じて、必死に何かを考え、反応しないように努める。

ラファエルは楽々とジョージィをかかえあげた。靴が片方脱げて落ちる。反射的に目を開けると、ラファエルが唇を激しく重ねてきた。たちまちジョージィは何も考えられなくなった。ただ感情に身をまかせる。

指をラファエルの髪の中へもぐりこませると、体中をものすごい速さで血が駆けめぐる。耐えがたい欲求に支配され、ジョージィは理性を失った。ジョージィの体は長身のラファエルにそってゆっくり滑りおろされ、地面に足がついた。

「僕が触れると、きみはすぐに我を忘れる。そこが好きなんだ……かわいくてたまらない」ラファエルは満足そうな響きをこめてつぶやいた。「ほかのどんな女も、こんなに僕の欲望をかきたてはしない。今朝、あの独房できみが眠っているのを見た瞬間、礼儀だの抑制だのといった考えは吹き飛んでしまった。何としてもきみをベッドに連れていきたいと思った」

ジョージィはかがみこんで、脱げ落ちた靴をぼうっとした頭で捜した。しっかり考えることができないので、見つからない。

ラファエルは近くのソファにジョージィを腰かけさせると、靴をひろって足にはかせた。だが、ラファエルは立ちあがろうとはしなかった。けだるげに伏せた黒いまつげの下からジョージィを見つめ、すらりとしたふくらはぎから膝へと、手をゆっくり這いあがらせる。

「そろそろディナーよ」間の抜けた言葉しか出てこなかった。緊張して体がこちこちになっている。

「僕がベルを鳴らしたときが、ディナーのときさ」ラファエルはふわりと唇を重ねた。吐息が頬を撫でる。「なんてことだ《ディオス・ミオ》……」かすかなつぶやきとともに、ラファエルの舌が唇を割って入ってきた。ジョージィは強風にさらされた木の葉のように体が震えた。「欲しくてたまらない食べ物、欲しくてたまらない衣服……。これは欲しくてたまらないセックスだよ」

「だめ」ジョージィはそうつぶやきながらも、唇を開いてキスを受け入れた。

「どうしてそんなに緊張しているんだ?」ラファエルの指はドレスの裾《すそ》をかいくぐって、内腿のなめらかな肌を撫でている。

「き、緊張?」

「まさか男性との関係はずいぶんごぶさたというわけじゃないだろう?」

「ずっとなかったわ」ほとんど聞きとれないほどのかぼそい声だった。

食い入るように見つめる瞳と視線がぶつかった。まるで時がとまってしまったように感じられる。これまでの二十三年間の人生で、今のような気持を経験したことは一度もなかった。ラファエルはかすかに触れているだけなのに、体中がとけてしまいそうだ。欲望が高まり、どんなに意志を強く保っていようとしても、抑制がきかない。

「ああ、きみが欲しい。苦しいほどだ」ラファエルのつぶやきは切迫していた。

ドアをたたく音がした。ジョージィはショックで天井まで飛びあがるかと思った。ラファエルも、邪魔が入るとは思わなかったのか、金色をおびた黒い瞳をやっとジョージィから引きはがすと、すばやく立ちあがった。ジョージィはごくりと唾《つば》をのみ、震える手でスカートの裾を直した。

「食事の時間らしい」彼が無表情につぶやく。

顔は真っ赤になり、脚はがくがくして立てそうにない。ジョージィは穴があったら入りたい心境で、戸口にいるテレイサの様子をうかがった。間一髪で救われた思いだ。

ジョージィは豪華なダイニングルームへおりていき、椅子に腰かけた。頭の中では執拗《しつよう》に同じ言葉が繰り返されている。わたしはなんてばかなの。どうしてこんなに弱いの？普通の常識を備えた女性のようにはっきりノーと言えないくらい、欲望が強すぎるのだろうか？

ラファエルがスペイン語で何か厳しいことを言った。言葉の端々に冷たさがにじんでいる。テレイサは早々に立ち去った。

「あなたは家政婦さんとうまくいってないようね」

「テレイサは、きみがここにいるのが気に入らないんだ。しかし僕が僕の家で何をしようと、だれにも干渉されたくない」ラファエルは威厳を備えたよそよそしい表情で、白いナプキンを広げた。「きみを救ったほうがいいのか、追い出したほうがいいのか、テレイサにはわからないんだろう。きみが誘惑の罠《わな》に落ちた気の毒な女性なのか、あるいは恥知らずなプレイガールなのか、それを考えて今夜はひと晩中眠れないだろうな。しかし明日になれば、彼女にも真実がわかる」

「どんな真実がわかるの？」

「僕たちが愛しあったことさ」

「わたし、あなたと寝るつもりはないわ！」ジョージィはすみれ色の瞳に怒りをこめて、テーブルの向こうのラファエルをにらみつけた。

「寝るかどうかは、この際たいした意味はないと思うがね」ラファエルはワイングラスを片手に、椅子の背もたれに寄りかかったまま、眠そうな目でジョージィを見た。優雅なしぐさで乾杯をするようにグラスを上げる。「すべての夢がかないますように。残念ながら、フェラーリはロンドンにおいてあるが、僕の想像力は寝室でも駆使できる。きみを失望させることはないと思うよ」

ジョージィは急に食欲がうせた。「あなたに利用されるつもりはないわ」

「しかし、僕は利用されたお返しをするつもりでいる」ラファエルはあざわらうように言葉にとげをにじませた。「僕たちはたがいに求めあっている。打ち明けると、これまでセックスだけを目的にして女性と関係を持ったことはない。だから、ときとしてぎこちなくなる。きみとどうつきあったらいいのか、よくわからないんだ。おそらく離れた瞬間、きみの欠点が目につくだろう。それで、これからどうすればいいのか迷っている」

ジョージィは顔をひきつらせて立ちあがった。美しい瞳には怒りの炎が燃えている。

「明日ホテルへ帰らせてもらうわ！」

「だめだ。僕がいいと言うまでは行かせない」

ジョージィはグラスを手に持ち、テーブルにそってつかつかとラファエルに歩み寄った。さっと手首をひねり、グラスの中身を彼の顔にかけた。「わたしが帰ると言ってるのよ。ちゃんと聞いてもらいたいわ」

ラファエルの手がジョージィの指をつかんだ。冷静にナプキンで顔をぬぐう間も、ジョージィの指をきつくつかんだままでいた。

怒りで紅潮したジョージィの顔に、ぎらつく黒い瞳をそそいで彼は言った。「きみはまだわかっていないようだな?」次の瞬間、ジョージィをぐいっと引き寄せた。「きみはいつまでもはねっ返りの物を壊して回る子供のようだ。しつけが悪く、わがまま放題で、自分の引き起こした損害など考えもおよばず、与えた苦痛の大きさなどどこ吹く風だ。しかし今日から、浅はかでご都合主義の小娘からは卒業するんだ」

「あなた、どうかしてるわ」

「いや、僕は絶対に過ちを許さない人間というだけだ。きみにはその理由など、わからないだろう」

「頭がおかしくなったみたいね」

「確かに四年前、僕の頭はどうかなってしまった」指が折れるかと思うほどきつくジョージィの手を握りしめる。「二階のあの部屋を、じっくりと見るがいい。ハリウッドの映画俳優の浴室のような、悪趣味な内装だったろう? 人魚の蛇口や大理石が好きなのはだれか、自分に尋ねてみるんだな。あれを造るために僕が相当な金額を費やしたのはなぜか、考えてみるといい」

刺すような黒い瞳に見つめられ、ジョージィは吐き気がこみあげた。指はもう何も感じなくなっている。息をすることも、動くこともできない。言葉さえ出てこない。

「あの続き部屋は、花嫁のために改装したんだ。僕の美しい、純潔な花嫁のために」ラファエルは紫がかったジョージィの指を唇へ持っていくと、軽蔑《けいべつ》をこめてキスをしてから放した。

「わたしと結婚したかったの？」

「気づかなかったと言うのか？」ラファエルは冷淡な笑い声をあげた。「だったら、きみを大切に扱う男の操縦法を、どこで知ったんだ？　僕は結婚式の夜まではきみに指を触れまいとした。だが、それがきみには不満だったんだろう？」

「違う……違うわ！」

「そこで、きみは別の男と寝た。きみが敬意など望んでいないと知っている……きみと同じ十代の男とね」ラファエルの顔には、かつての征服者である祖先の残忍さが刻まれていた。「このラファエル・ロドリゲス・ベルガンサが、ティーンエイジャーに敗北したんだ！」

「ダニーはただの友達というだけ……」

「きみにはたいした意味がないと言うのか？　酔っぱらった果ての、一夜限りの情事が僕には知られないですむと思っていたのか？　僕にはずっとわかっていたんだ！　今さらとは思うが、きいてみたい、僕と別れて失うものはあったのか？　答えは僕が言おう。きみは何も失わなかった」ラファエルはあざけるように言うと、乱暴にジョージィを突き放した。「なぜならきみは今でも僕を欲しているから。今でも僕が欲しくてたまらないんだ。きみにほんの少しでも知性のかけらがあったなら、僕とここにこうしているより、あの独房にいたほうがずっと安全なのはわかるはずだ」

ジョージィはあとずさりした。「脅されるのは嫌いよ！　あなたとなんか結婚したくなかったわ！　わたしが理想とする結婚は、明けても暮れても夫からああしろこうしろって命令されるものじゃないわ。わたしの理想の夫は、何人もの女と寝ていながら、結婚相手には処女を選ぶ権利があると思いこんでいるプレイボーイじゃないわ！」

「そんな権利があるとは思っていない」

「いいえ、女学生だったわたしを選んだのがいい証拠よ。あなたは旧式で、時代遅れで、偏屈よ。スティーヴが言ってたとおり……」

「僕の前でその名前をもう一度口にしたら、ひどい目にあうぞ」

ジョージィはさっときびすを返して、ダイニングルームを駆け抜けた。そして階段を一気に駆けあがり、息もつかずに寝室へ飛びこんだ。明かりもつけずにベッドに身を投げると、とめどなく涙がこみあげてきた。

4

思いきり泣くと気分が軽くなるという。三十分後、ジョージィははれぼったい目を開けたが、まだ心は引き裂かれ、悲しみも薄れなかった。泣いても何の効果もなかったようだ。

この四十八時間、思いがけない出来事の連続だった。ラファエルと再会してからも、まだ十二時間しかたっていないが、ジョージィは徹底的に痛めつけられた。

四年前、ラファエルがわたしと結婚するつもりでいただなんて！　思わず身震いに襲われる。十代の女学生を選び、粘土人形でもこしらえるように、思いどおりの女を作りあげようとしたのだ。わたしはお金持でも、いい家柄でもなかったけれど、何でも彼の言いなりだった。きっとラファエルは、多少の欠点を大目に見てでもわたしを妻にしたかったにちがいない。

しばらくの間、ジョージィはついさっき知らされたばかりの事実をじっくり考えてみた。あの夏の日の出来事について違った見かたができて、傷つけられた自尊心がほんの少し慰められた。もっとも、妹の親友というだけでなく、わたしの両親はしつけに厳しかったたから、ラファエルがわたしを手に入れるには結婚以外の道はなかっただろう。愛人にすることはできなかったはずだ。関係が終わった場合、わたしの口から妹に知られる危険性があった。だいいち、わたし外泊は許されていなかったし、遅くなるときはいつも義理の兄がつき添っていた。スティーヴの名を出しただけであんなに怒ったのは、そのせいだろうか？

父も母も、ラファエルに最愛の娘がもてあそばれるのでは、と不安を抱いていた。そんな考えを二人に植えつけたのは、スティーヴだった。ラファエルとつきあっていた数週間、義兄が心配してくれる気持は理解できたが、ジョージィは内心辟易《へきえき》させられたものだった。だが、スティーヴの予想は的中した。突然ラファエルが去って両親は仰天したが、スティーヴがなだめてくれたおかげで、大騒ぎにはならなかった。あのころの義兄の心づかいは本当にありがたかった。ラファエルとの最後の夜、スティーヴがとった非常識な行動を忘れるためにも……。

ジョージィはぶるっと身震いした。あの劇的な最後の夜の出来事が浮かびあがってきた。すべては飲みすぎたお酒のせいだったのかしら？　いいえ、そんな言いわけは許されないわ。

ジョージィはスティーヴのガールフレンド、ジャネットを思い出した。とても魅力的な女性で、ジョージィより二つほど年上だった。ジャネットに会ったのはあの夜が初めてだ。

だが、義兄がジャネットにろくに注意を払わないのに気づいて、ジョージィは不快に感じた。一方で、男の人はみんなこうなのかしら、とも思った。女性が自分を愛しているとわかってしまうと、退屈になるものなの？

ジョージィはあの夜、不安でたまらなかった。その前会ったとき、ラファエルがよそよそしいくらい距離をおいているのに気がついたからだ。怖くもあり、不安だったが、必死に気弱になっている自分を叱《しか》った。ラファエルがわたしに飽きているとしても、何とか対処できるわ、と自分に言い聞かせた。だが、実際はうまく対処などできなかった。ジョージィは愚かにもお酒の力を借りたのだ。

「送っていこう」ラファエルが渋い顔で言った。

「そんな状態で帰したら、ジョージィは父さんに殴られるぞ」スティーヴが抗議した。

「僕の目の前で彼女を殴るというのか？　大丈夫、ちゃんとお父さんのもとに送り届ける。そのあとのことはまかせてくれ」

ラファエルはスティーヴを無視し、ジョージィを車まで引きずっていった。ジョージィは家に帰りたくなかった。そのときから最悪の事態は始まっていたのだろう。フェラーリの中で、ジョージィはラファエルに向かって叫び始めた。酔った勢いで、心の底の思いや不満をありったけ並べたてた。

「きみはもっと大人かと思っていたよ」ラファエルの口調は冷たかった。「きみを責めたりはしない。女学生に大人の女性を期待するほうがおかしいんだから。でも今の僕は、幼稚園からきみを連れ出してきた気分だ」

ジョージィは針を突き刺された風船のようにしょんぼりした。引き裂かれそうな思いが激しく渦巻いた。ラファエルを愛していると感じるかと思うと、次の瞬間は彼が憎くてしかたがない。彼に軽蔑《けいべつ》され、憎しみは最高に盛りあがった。

ラファエルに軽くキスされ、子供っぽさを非難されたように感じた。ジョージィは、ラファエルの欲望を満足させられる、大人の女であることを証明したかった。

そしておそらくは、ラファエルに何らかの影響力を与えられることを確かめようとしたのだろう。そのあと自分がしたことは忘れたい。あれから四年の歳月が流れた今でも、思い出すだけですくみあがってしまう。きわどい女性誌の〝男を逃さない方法〟といった記事から仕入れた情報を思い出して、ジョージィは恥も外聞もなく車の中でラファエルに身を投げ出したのだ。

確かに効果はあった……ほんのしばらくの間だけ。ラファエルは押し殺したような声をあげた。そして気がつくとジョージィは助手席に押し倒されていた。唇が熱く重ねられ、たくましい体がのしかかるように胸のふくらみを押しつぶしていた。ジョージィの情熱が、やっとラファエルにも飛び火した。駐車場にいることなどすっかり忘れていた。ジョージィにとってそんなささいなことはどうでもよかった。だが、ラファエルは不意にスペイン語で悪態をついて身を離した。

「こんなふうに男を挑発する方法を、だれから教わった?」

だれかに教わったわけではないと言っても、ラファエルは信じなかった。ジョージィは屈辱感にさいなまれた。どうしていいのかわからず、泣きだしそうになったとき、スティーヴが駐車場をこちらにやってくるのが目に入った。彼女はとっさにフェラーリから飛び出し、義兄のほうへ走った。

スティーヴもジャネットとけんか別れしたばかりだった。すぐに彼はジョージィを実家ではなく自分のテラスハウスへ連れていった。こんな状態をお父さんに見られたら大変なことになる、と言って。それから先は、悪夢がさらに悪い夢へと向かっていった……。

ジョージィはふかふかの絨毯《じゆうたん》の上を行ったり来たりしながら、スティーヴに触れられたときの感触を思い出して身を震わせた。何の前触れもなく、ものわかりのいい兄から恋人気どりの男に変身したスティーヴは、ジョージィの肩に手を回し、いきなりぐいと抱き寄せて、キスをしたのだった。ジョージィは驚いて押しのけた。スティーヴは実の兄ではないけれど、男性として意識したことはなかった。まるでレイプされかけたようなショックと恐れがジョージィを襲った。

「待てよ、血のつながった兄妹《きょうだい》じゃないんだから。そんな目で見るな!」スティーヴのわめく声を背に、ジョージィは二階へ駆けあがり、浴室に鍵《かぎ》をかけて閉じこもった。

スティーヴはドア越しに説得しようと試みた。少し飲みすぎてたんだ。ジャネットとけんかしてどうかしてた。わかってくれないか？　ジョージィにはとても理解できなかった。浴室のドアを開けて、スティーヴと顔を合わせる勇気はなかった。スティーヴが、車をロックしたかどうか見てくると言って外に出たすきを狙《ねら》い、裏口から逃げ出した。

どこへ行く当てはなく、しかたなくダニーのアパートメントへ行った。ダニーはベッドを明け渡してくれて、自分は居間のソファで寝た。ジョージィがひどく動揺していて、ダニーもどうすればいいのかわからなかったようだ。結局はひとりにしておいてくれた。

翌朝、大きな声で目が覚めた。寝乱れたベッドから起きあがると、寝室の戸口にラファエルが立っていた。彼は信じられないという目でジョージィを見て、ひと言も発することなく、きびすを返してアパートメントから出ていった。

入れ違いにダニーがバスタオルを腰に巻いたまま、シャワーの水滴をしたたらせながら現れた。「無理やり入ってきちゃったんだ……」と、もごもご言いわけをする。「僕よりずっと大きいんだもの、あいつ」

そのあとすぐスティーヴがやってきた。ジョージィは義兄と目を合わせることができなかった。

「どうしてわたしがここにいるって、ラファエルにわかったの？」ジョージィは厳しい声で質問した。

「たぶんここだろうと思って、僕が教えてやったんだ。彼に会って、昨日のばかげたけんかの仲直りをしたいんじゃないかと思ってね」

もちろん、ラファエルが目にしたものを誤解さえしなければ、ジョージィも彼と会えてうれしかっただろう。

スティーヴは前夜のことをわびて、気まずさをとりつくろった。ジョージィも義兄との間に何の変化もないふりをしようとしたが、大きなひびが入ったのは認めざるをえなかった。

その日遅く、事情を説明すればわかってもらえるものと思い、ジョージィはラファエルに会いに行った。ダニーのところでは疑わしいように見えたとしても、実際には何もなかったと説明すれば信じてもらえるものと、無邪気に思いこんでいたのだ。

ラファエルの最上階のアパートメントへとエレベーターをのぼっていきながら、ジョージィはうきうきした気分で考えていた。きっとラファエルは焼きもちを焼いたにちがいない。嫉妬《しっと》したということは、つまりわたしが好きなんだわ。だが、あの日のジョージィはまさに処刑場へ向かっていたのだ……。

もう二度と、あんな思いは繰り返したくない。ジョージィはとても眠れそうになかったので、大理石の浴槽に熱い湯と入浴剤を入れ、ゆったりと体を浸して人魚の形の蛇口をしげしげと見つめた。わたしのためだなんて……信じられない。いったい、こんなもの、いつ造らせたのかしら？　どうして何もかもだめになってしまったの？　熱いものがこみあげてきた。彼女は水でタオルを濡《ぬ》らし、まだ充血している目の上にのせた。

ラファエルは仮面を脱いで、がらりと態度を変えていた。初恋ほどつらく強烈なものはない。ジョージィを悲しくさせているのは、失恋の痛手でも後悔でもなく、初恋の思い出だった。結婚していたら、惨憺《さんたん》たる状態になっていたにちがいない。オセロの妻のデズデモーナのように、嫉妬に狂った夫に殺されていたかも。

わたしは妻にふさわしくないと、ラファエルは判断したのだ。性格上合わないと気がついて、ダニーとのことを格好の口実にしたんだわ。彼にはわたしを裁く権利などなかったのよ。わたしがどれほど愛しているか知っていたくせに、たった一度けんかしただけで一歳年下の男の子のベッドに直行したと本気で信じるなんて……。

「きみは、風呂に入らずにはいられなくなると思っていた」

ジョージィはびっくりして目の上にのせたタオルをはぎ、体を起こした。あたりに水が飛び散る。「ここでいったい何をしてるの？」

ラファエルはびっくりしたジョージィを見て、おかしそうに笑った。「きみって、ほんとに二重人格だね、ジョージィ。厳格な女と奔放な女が同居しているようだ」ディナージャケットを片手につり下げ、白い絹のシャツの襟もとをゆるめた格好で、ラファエルは浴槽の縁に腰をおろした。「こうして見ていると、四年前きみに惹《ひ》かれたわけがわかるよ。

驚いたときと怒ったときの表情がとても魅力的だ。それに、とてもきれいな体をしている」

「ここから出ていって！」

ラファエルはジョージィの手が届かないところにあるバスタオルを引き寄せると、かすかな笑みを浮かべてさし出した。

ジョージィはタオルをぐいととって、立ちあがりながら体に巻きつけた。頬がかっと熱くほてっている。「出ていって」

ラファエルは笑い声をあげた。

「あなたの魅力にはだれもかなわないって思ってるわけね。でもはっきり言っておくわ、わたしは興味ありません！」

「きみが興味ないとわかったとき、僕はどこにいたかな？」

ジョージィは歯を食いしばった。「わたしはラパスに戻って、パスポートを捜したいだけよ！」

「ずいぶん怖がってるけど、なぜかな？　プライドが許さないのかい？」

「何のこと言ってるのか、さっぱりわからないわ」ジョージィは浴槽から外へ出た。

前触れもなしに、ラファエルが手をさし出し、たくましい腕を彼女の体に回して、さっと抱きあげた。「きみを逃がさない」

「ラファエル……」ジョージィの胸の高鳴りがゆっくり体の隅々まで伝わり、神経を張りつめさせた。「だめだ」

「おろして、お願い！」

「きみは僕に夢中だ……隠してもだめだよ。目を見ればわかる。しぐさにも、僕に話しかけるときの声にも表れている」

「そう？　で、それがどうしたの？」ジョージィは捨てばちになってつっかかった。「みんながみんな本能に従うわけじゃないわ！」

「しかしきみは従う……どんなときでも。ここでは僕ひとりのために、本能に従ってもらうけどね」ラファエルはジョージィをベッドにおろすと、隣にどさりと横になった。「おたがいに何の束縛もない、嘘《うそ》も誤解もない。ベッドをともにする、ただそれだけだ」

ジョージィの頬にさしていた赤みがすっと引いた。絹のシャツを脱ぎ捨てたラファエルは、ブロンズ色のがっしりした肩と胸をあらわにしている。抑制のきかない力にかりたてられ、ジョージィはうっとりした目で見つめてごくりと唾《つば》をのんだ。こんなふうにラファエルとひとつベッドにいるとは……。とても現実とは思えなかった。

「わたしに触れたら、大声をあげるわ！」

「この家にはだれもいないよ」

「まさか……」

「僕たちだけだ」ラファエルはかがみこんで、彼女の下唇を軽くかんだ。抵抗しがたいほど官能的に舌先で愛撫《あいぶ》する。「この部屋のこのベッドにいるきみを、どんなに待ちわびたことか。すべてが終わって、きみがいなくなったら、何もかもずたずたに引き裂いて、部屋は改装するつもりだ。あたかもきみが存在しなかったかのように……」

突然、体の芯《しん》まで恐怖に凍りつき、ジョージィはつかの間の陶酔から目が覚めた。手を上げ、荒々しい敵意をこめてラファエルの顔をぶった。

低くうなると、ラファエルはジョージィの両手をシーツに押さえつけ、きらきら輝く黒い瞳で見おろした。

「まったく《ボル・ディオス》……どうしてぼくを怖がる？」ジョージィの両手を放しながら、ラファエルは問いかけた。

ジョージィは震える手でラファエルを押しやり、豊かな胸をおおっているバスタオルの端をつかんで、上半身を起こした。「わたしのことは、ほうっておいて！」

ラファエルはスペイン語で何かつぶやき、ジョージィを抱き寄せた。

「やめて」

「ジョージィ……」ラファエルはむさぼるように唇を重ねた。タオルがはずれたが、ジョージィはそれに気がつかなかった。かたくとがった胸の先端にラファエルの胸毛がからみつき、ジョージィの唇からかすかなあえぎ声がもれた。

ラファエルの情熱的なキスで、体に電流が走ったように思えた。ありとあらゆる感じやすいところにラファエルの手がさまよう。情熱をかきたてられ、ジョージィは、思わず両手でラファエルにしがみついた。ラファエルは糊《のり》のきいた白いシーツの上にジョージィを横たえ、しなやかで強靱《きようじん》な体を重ねた。興奮の大きな波に襲われ、ジョージィは恍惚《こうこつ》となった。

「ほらね……」ラファエルがささやくのが聞こえた。「まだ始まったばかりでこうなんだから」

華奢《きやしや》な鎖骨の小さなくぼみに唇を這《は》わせながら、ラファエルはピンク色の乳首を巧みに刺激した。ジョージィはぴくりとして、思わずうめくような声をあげた。頭がおかしくなりそうだった。すべての神経に稲妻が走り抜けたような気がする。耐えがたい興奮の波にジョージィは身をよじらせた。

「ラファエル……ああ、ラファエル……」

ラファエルの手が、ジョージィの体を感じやすいものに変えていく。ジョージィはてのひらでラファエルのなめらかな肩のあたりを撫《な》でた。全身が熱くほてり、耐えがたいほどになってきた。ジョージィは歯を食いしばった。ああ、ラファエルが欲しい……。

ジョージィは情熱をこめて激しくキスを返した。攻め寄せる興奮の渦にのまれ、体が小刻みに震える。ラファエルはスペイン語でうめくと、ジョージィの顔を両手で包みこんで、激しくむさぼるようにキスをした。

「きみは魔女だ……」ラファエルはくぐもった声で言い、ふと体を緊張させた。

どこか遠くのほうでかすかにベルが鳴っている。すぐに、ラファエルはベッドから飛び起きた。

「ラファエル？」

「電話だ」

「何の電話？」

「私用電話の音だ。非常事態にちがいない」ラファエルはののしり声をあげ、胸の内にくすぶっている欲望と不満とに引き裂かれた一瞥《いちべつ》を投げかけた。

ジョージィがやっと陶酔から抜け出して目を凝らすと、ラファエルは浴室から大またで戻ってきて、ディナージャケットから携帯電話をとり出した。ラファエルは一糸まとわぬ姿で立っている。ジョージィはショックで息がつまりそうになった。声を失ったまま、輝くような雄々しい体の隅々にまで目を凝らした。

ジョージィはあわててシーツで自分の体を隠した。今になってショックが襲ってきたらしく、体が震えた。わたしはなんてふしだらなのかしら。体の中にまだ欲望がうずいている。ラファエルは、おたがい好きになる必要もないと言っていた。そんなことは信じたくなかった。でもラファエルは、たくさんの女性とつきあっているから、わたしよりずっとわかっているのだろう。

まつげの下から、ジョージィはラファエルの後ろ姿を見つめていた。彼は妙に緊張した声で話していたかと思うと、やがて明らかに喜びいっぱいにスペイン語をまくしたてた。きみがすべてだ、ラファエルはそう言っているんだわ。ジョージィは顔を枕《まくら》に埋《うず》めた。わたしにはそんなことは言ってくれなかった。ふしだらなヴァージンなんて聞いたことがあるかしら？　でもラファエルといると血がわきたつように体が熱くなってしまう。

今は血が凍りつくような寒けが走っていた。もう少しで自分をさげすんでいる男に体を許してしまうところだった。

ラファエルが言ったとおり、ジョージィは彼が欲しかった。四年前と同じように、体が反応してしまうのだ。

「ジョージィ……」

一瞬、ジョージィは彼の顔を見ることができなかった。何とか体の向きを変えてラファエルを見た。彼が服を着ていたので、内心ほっとする。

「すまないが……お楽しみはまたこの次にとっておかなくては。さっきの電話はアントニオからでね。マリア・クリスティーナに男の子が生まれた。これから親戚《しんせき》に吉報を知らせてやらないと」

ジョージィは驚いて目をみはった。「マリア・クリスティーナが赤ちゃんを産んだの？　でも、たしか予定日まで何日かあったんじゃ……」

「予定より少し早く生まれたんだ。でも、母子ともに健康だよ。お産も軽かったらしい。病院へ駆けこむのがかろうじて間に合ったという話だ！　かわいい男の子で……名前はジョージだ」

マリア・クリスティーナが無事出産を終え、ラファエルがありありと安心している様子や、甥《おい》ができたことを喜んでいるのを見て、ジョージィの胸をどこかちくりと刺すものがあった。兄と妹のきずなの強さを今さらながらに思い出させられたのだ。

ふと、ラファエルが最後に言ったことに気がついて、ジョージィは目をみはった。「彼女……わたしの名をとってつけたんだわ！　ああ、早く赤ちゃんを見てみたい」

「しかし、妹がロンドンまで出かけていかない限りは無理だね。彼女が来週帰国するころ、きみはもういなくなってる」

一瞬の喜びが消え、ジョージィは黙りこくった。現実は甘くはなかった。冷酷で陰険な視線とぶつかって、ジョージィはラファエルの氷のように冷たい態度に胃のあたりがきりきり痛んだ。さっきまでの親密さを思い出すと、侮辱された気分になった。

「わかったかな？」ラファエルは必要もないのに、しつこく念を押した。

二年前、マリア・クリスティーナは結婚式の際につき添い役のひとりになってほしいと頼んできた。両親は貯金をはたいて旅費を調達してやろうとまで言ってくれたが、ジョージィは欠席した。断るのは残念でたまらなかったが、ラファエルと再会するのが怖かった。期末試験を寸前に控えていたので、それを口実に使った。しかし、今回は……今度だけは、尻ごみなどしないわ。

「わたしは自分のしたいようにするわ」ジョージィはきっぱり言って、ラファエルを見つめた。「わたしを無理にボリビアから追い出すことはできないわ」

「しかし、ここにはいられないよ」

「家からお金を送ってもらうわ。野宿したっていいし。マリア・クリスティーナとジョージを見るまでは、この国から離れないわ」

「僕が許さない」

急に服を着ていないことが意識にのぼり、シーツの下で体を丸めながら、ジョージィはあからさまな嫌悪の目を向けた。「明日、ここから出ていくわ。交通手段を用意して」

「交通手段は何もない。僕が出ていっていいと思わない限りは、ここにいるんだ。それはきみとの関係が終わったときだ」

「わたしのほうはもう終わってるわ。もうたくさんよ。ラパスへ連れ戻してくれないなら、あなたは後悔するはめになるわよ！」

ラファエルはディナージャケットをとりあげると、ばかにしたような無表情な目を向けた。「ほう、きみはどうしようっていうんだ？」

「知りたくてたまらないでしょう？」

「ああ、そのとおり。きみは思いどおりにならないと、いつも子供っぽいことを言う」

「子供っぽくなんかないわ！　わたしの意思に逆らってここに閉じこめるのは、犯罪……法律に違反してるわ！」

「だが、ここでは僕が法律だ」

「あなたに対抗する方法はいろいろあるわ！　マリア・クリスティーナに洗いざらい打ち明けることもできる。帰国したら、誘拐されてレイプされたと叫んでやるわ！」

「で、どんな証拠がある？　脅したってむだだよ。マリア・クリスティーナは僕がそんなことをするはずないと思うだろう。レイプについてだって、別に襲ったりはしていない。誘拐？　きみは僕のゲストとして、自分の意思でここに来た」

ラファエルはドアをばたんと閉めて出ていった。ジョージィは怒りで体が震えた。ラファエルが許可しない限りここから出られないと言ったのは、あながち冗談ではないとわかりかけてきた。とはいえ、とても受け入れがたい。ラファエルは高度な教育を受けたすばらしい知性の持ち主で、世間からも教養高い文化人の典型と言われていた。六カ国語を流暢《りゅうちょう》に操り、世界中に展開する大事業を監督し、さらにわずかな時間を割いていくつかの国際的な慈善事業に援助もしていた。環境への配慮は言うまでもなく、数知れない博愛主義のプロジェクトが、ベルガンサ家の名前を世界に知らしめている……。そんな人物が、今わたしに、復讐《ふくしゅう》のための欲望を満たさない限り、家から一歩も外へは出さないと言っているなんて……。

そう、ラファエルの目的は復讐にある。彼はわたしを大農園《エスタンシア》まで連れてきて、花嫁のために造った寝室に案内した。〝きみがいなくなったら、何もかもずたずたに引き裂いて、部屋は改装するつもりだ〟と言ったときのラファエルを思い出し、気分が悪くなってきた。ラファエルは妻としてわたしを横たえるはずだったベッドで、わたしの体を奪うつもりでいる。その残酷さを考えただけで、鳥肌が立った。ラファエルは四年前、わたしの裏切りで受けた侮辱を、プライドにかけても晴らしたいのだ。

花嫁としてなら、ジョージィは尊敬と優しさをもって扱われただろう。ところが、今のラファエルはジョージィを、いつでもどこでも利用できる女としか見ていない。ただジョージィを侮辱し、おとしめたいだけだ。

でも、どの男性にもわたしが体を与えたと信じこんでいるのは、なぜ？

四年前、ラファエルのことはよくわかっていると思っていた。ところが、まったくわかっていなかったのだ。あの最後の夜のラファエルは聖人ぶった気どり屋だった。当時、ラファエルがボリビアの求愛のしかたに従っていたとは、ジョージィは知る由もなかった。花束を贈り、ときどき手をつないで軽いキスをし、自分を抑えて行動する。ところがまだ十九歳になったばかりのジョージィは、こみあったディスコでひと晩中踊っていたかったし、車を思いきり飛ばしたり、フェラーリの中でキスしたり、誘惑されたりしたかった。ピンクのシャンパンを飲み、ラファエルの注意を引く服を着て、大型リムジンに乗っているところを友人たちに見せびらかしたかった……。

思い返してみれば、そんな娘と結婚を考えていたこと自体、驚きだ。万一結婚していたら、おそらく最初の六カ月で、ラファエルは頭がおかしくなってしまったにちがいない！　でも、あのころのわたしは熱に浮かされたように、ラファエルに首ったけだった。もし結婚していたら、ラファエルに合わせようと必死に背伸びをしただろう。そして失敗するごとに自信と勇気をなくしていったにちがいない。ラファエルは力にあふれて尊大だ。代々受け継がれてきた資質だろう。周囲を圧倒しないではおかない。そんな男を夫にしたら、わたしは丸ごとのみこまれてしまったはずだ。でも、彼がときおりむき出しにする、激しい欲求のことを考えると……。

まあ、そんなことを考えるなんて、わたしはどうかしてるにちがいない。でも、元気がよくて反抗心の強いティーンエイジャーを飼いならそうとする礼儀正しい紳士より、復讐に燃える恋人と考えるほうが、ずっと刺激的だ。ラファエルの中には、その相反する二人の人間が同居している。わたしの意思を無視して恥辱を与えることはしないだろうし、わたしが滞在を望まなければ引きとめることもできないだろう。

ラファエルに、あれほど強い欲望を覚えさせたことを思うと、ジョージィの胸は熱い喜びに満たされた。情熱の炎はあの夏に燃えつきてしまったわけではないらしい。だが、今のわたしはどんな熱にも耐えられる。火炎放射器だって、焦がすことはできないはずだ。

わたしの身を焦がすのは……愛だけ。今度恋をするときは、金髪で青い目をしたイギリス人がいい。わたしの頭脳と性格と感情をすっかり理解してくれる人で、わたしをつかまえて最高に幸せと思ってくれる人。

やっと気持が落ち着き、ジョージィは笑みを浮かべながら眠りについた。

5

翌朝、ジョージィは着替えながら、これからの計画を練った。とにかく何らかの方法で大農園《エスタンシア》から出なくてはならない。いちばんいいのは、ラファエルを納得させることだろう。それも、最も巧妙なやりかたで。

体にぴったりしたピンクのショートパンツと、肩があらわなエメラルド色のタンクトップという姿で、ジョージィはダイニングルームへ入っていった。

「このへんはずいぶん静かなのね」

ラファエルがきらっと目を光らせ、ゆっくりとジョージィを眺め回した。唇をゆがめて、ばさりと新聞をおく。

「あら、やっぱり」ジョージィはため息をついた。「わたしの格好が気に入らないみたいね？」

「ここはビーチじゃないのでね」ラファエルは無表情に答えた。

「今日はいい考えがあるの」ジョージィはとっておきの笑顔を見せた。だが、真っ黒な濃いまつげの下の鋭い視線とぶつかり、一瞬、お芝居を忘れそうになった。ラファエルは本当にすてき。圧倒されそうな魅力と危険な香りを振りまいているようだ。

「思わせぶりな言いかたはやめてくれ」少しも興味をそそられなかったらしい。

ジョージィはいらだたしげにクロワッサンをちぎった。情けないことに、テーブルの向こうでくつろいでいるラファエルを見ていると集中力をなくしてしまう。「よかったわ。じゃあ、わたしたち、結婚しましょう」

「その言葉を信じろというのかい？」たいして心を動かされない様子で言う。

「結婚していたら、あなただって二週間でこんな気持になったはずよ。もちろん、ベルガンサ家には、離婚などした夫婦はひと組もいなかったんでしょう？」ジョージィは壁にかかった無表情な肖像画のほうへ意味ありげな視線を投げた。「あなたのご先祖さまって、きっと冷血漢ぞろいだったのよ。望ましくない妻を追い払うために、妊娠させたとか。昔は、出産はスカイダイビングぐらい危険だったんですもの。毒薬なんてのも、よく使われた方法かしら。あるいは階段からころげ落ちるとか。暗黒時代には、女性が夫に殴り殺されたって、何も文句は言えなかったんでしょうね」

「やれやれ、きみは相変わらず空想家だな。僕の知る限り、僕の先祖に卑劣な人間はいない」ラファエルは吹き出しながら両手を広げた。「それに、そんな暗い秘密を抱いて死んでいった者もいないし。残念ながら、罪状を告白した日記を残していくほど気のきいた人間もいなかったからね」

話が脱線してしまったことに気づき、ジョージィは腹が立った。急いで計画の第一段階へ進む。

「わたしたち、ここにとどまっていなくちゃいけないの？」

たちまち彼の顔から笑みが消えた。「どういうことかな」

大胆なしぐさで身を乗り出してささやく。「つまり、どこかもう少し楽しめる場所にいれば、わたしも従順になれるって意味よ。こんな奥地に半日もいると、退屈で死にそうになっちゃうの。ここには、牛と農民しかいないんだもの」

はすっぱな女を演じつつ、内心では自己嫌悪に陥っていた。

「ここの人間は、農民ではない」

ジョージィは肩をすくめて、きっぱりあごを突き出した。ここまできたら最後まで計画をやりとおそう。「手の内をさらすことにしましょうよ。あなたはわたしが欲しい。それなら好きにしていいわ。ただし、ある……あのう……条件つきで」

「好きにしていいって？」鋭い瞳が、ジョージィの顔をとらえた。「そう。それじゃあ、さっそく二階へ行こう」

ジョージィはコーヒーにむせてせきこんだが、何とか冷静を装った。「条件があるの」

「これは取り引きと考えていいんだね？　で、僕はその取り引きで何をもらえるのかな？」

「わたしが何を提供しようとしているのか、わかっているでしょう！」

「ゆうべは何の条件もなしに手に入れることができたけどね」

ジョージィは歯ぎしりして、すみれ色の瞳に激しい怒りを燃やした。口を開きかけると、ラファエルが黙ってというように片手を上げた。

「従順って言ったけれど、どう従順なんだ？」

ついに引っかかったわ、とジョージィは勝ち誇った。「あなたの欲しいものは何でも……あなたの欲しいときにいつでも」

「それで、僕のすることは？　家畜やスタッフのいないどこかへ連れていくこと？」

「ちょっと楽しい思いをしたいだけ。ここにいても楽しくないじゃない？」

「僕の欲しいものは何でも、僕の欲しいときにいつでもか……。しかし、僕の欲しいものはここに何でもあるんだ。取り引きは成立しないよ」

ジョージィはラファエルの顔を盗み見た。無関心で冷静な表情からは何も読みとれなかった。「取り引きは成立しない？」

「僕と取り引きしようというなら、僕のものではない何かを用意するんだな。なぜって、きみはもう僕のものだからだ。それにしても、今朝は最近では最高に楽しい朝食だったよ」

「わたしはあなたのものじゃないし、これからだって、絶対にならないわ！」

「ところが、きみは僕のものなんだ。そうとわかると、不愉快になるかな？」ラファエルは物憂げに続けた。「きみは気に入った男なら、だれとでも寝ることができるのに、なぜ僕とではだめなんだと思う？　僕のどこが、ほかの男と違うのか。きみが抵抗する理由を言ってあげようか？」

体に寒けが走った。ゲームは終わってしまった。耳をおおってその場から走り去りたかったが、ジョージィは無表情にラファエルを見返したまま、座っていた。

「四年前、僕たちの間がどんなだったか、思い出すといい。破局が訪れる前のことだ……。きみは、今も心の奥底では、あのロマンティックな幻想をとり戻したいと切に願っている」

「あなたと再会するんじゃなかったわ。過去なんて、思い出すのもいやよ！」

「しかし、過去は過去として存在している。そこからは逃れられない。僕からは逃れられても、過去からは逃げられない。これまで、僕は数えきれないくらいたくさんの女性のターゲットにされてきた」ラファエルの口調には自嘲《じちょう》めいた響きがあった。「女性はだれでも自分が何をしているか、ちゃんとわかっている。ところがきみは少しも……」

「あなたのご意見なんか、聞きたくないわ」

「魅力というものは、成熟した女だけが持ってるわけじゃない。昼日中から大きな胸を見せびらかしたって、笑いを誘うだけさ」ラファエルは大きくため息をついた。「そういえば、あのころ、きみはいつも僕を笑わせてくれたね。うわべの天真爛漫《てんしんらんまん》さにだまされて、僕は長い間きみの正体に気づかなかったよ。バッグの中に避妊薬が入っているのを見たとき、疑うべきだったのに」

「えっ、何ですって？」ジョージィは怪訝《けげん》な顔で口をはさんだが、ふと思い当たって緊張した。

「あれは僕のためのものと思った。あのとき、きみはすでに性体験があると考えるべきだったのに、夢を描いていた僕は、まだ十代のきみがそんなはずはないと思いこんだ」

かすれた笑い声が、ジョージィの口からもれた。じゃあ、ラファエルは最初からわたしを誤解していたんだわ。バッグの中をちらっとのぞいてピルを見ただけで、間違った結論を引き出したなんて。生理不順の治療のために避妊薬を服用していたのだけど、説明しようとは思わない。

ジョージィは立ちあがった。「新鮮な空気が吸いたくなったわ」

「ジョージィ、あんな若いころから性体験するようになった責任は、きみにあるとは思っていないよ。きみには罪はないと思う。だけどあのときは、きみたちの特殊な関係を知ってものすごく不快だった。僕の考える家庭のあらゆる原則に反していたから。ただ、彼が実の兄さんではないと知ってはいたけど……」

「何の話をしてるの？」

「僕が知らないとでも思っていたのか？」ラファエルはぐいと頭を振りあげた。

「いったい何の話？」まわりの空気が急に張りつめ、重苦しくなった。

「ここまで聞いてもまだしらを切るとは、隠しごとをする癖がずいぶんしみついてるんだな？　しかも……きみは今、彼と一緒に暮らしている！」

ゆっくりと、血の気が引いていった。かさかさに乾いた唇を舌の先で湿らす。ラファエルは、わたしがスティーヴと同棲《どうせい》している、と言っているのだ。

「きみが十七歳のときに、あいつと関係を持ち始めたのは、知っていた」

ラファエルはどうしてそんなことを考えられるのだろう。胃のあたりが締めつけられるようだ。「わたし、今までこんなに不愉快な話を聞いたことないわ……」ジョージィの声はささやくように低くなった。「まさか、本気で言っているんじゃないわよね。そんな話、あなたが信じられるわけないわ」

「僕ときみの間では、偽りなしにはっきりさせておきたい。彼との肉体関係が知られたことを直視したくない気持はわかるが、僕に嘘《うそ》をつくことだけは許さない」

ラファエルは信じている。彼と出会う前から、わたしがスティーヴと寝ていたと、本当に信じているのだ。ジョージィはショックで目を大きく見開いた。「あなた、どうかしてる……どうかしてるに決まってる！」

百八十センチをゆうに超える、たくましいラファエルが、一、二メートル離れたところから彼女をじっと見つめていた。「きみたちがそんな関係だとは、マリア・クリスティーナは夢にも思わないだろうな。きみのお父さんとお母さんも、おそらく知らずにいるんだろう？　それとも、今はもう関係が終わって、よいお友達としてひとつ屋根の下で暮らしているのか？」

「スティーヴとは同じ屋根の下なんかに暮らしてないわ。彼は自分のアパートメントを持ってるの。あのテラスハウスは近くの大学の学生に貸してるのよ。わたしは屋根裏部屋を使っていて、一種の管理人の立場で、いろいろなことに目を配って……」どうして、こんな情けない弁解をしなければならないのだろう。ジョージィの声はしだいに消えていった。

「つまり、今はもう終わったと言うのか」

「終わったも何も、初めから何もないわ！　スティーヴとは、そんないかがわしい関係じゃないわ。よくも、そんなけがらわしいことが言えたわね！　スティーヴのことは、いつも兄としか思ってなかった……」

「きみが分別がつく年齢になるまで、あいつは自分の思うがままにしていた。きみの若さと情熱を利用したんだ。しかし、きみも間違いであることを悟るべきだった」

「わたしの言うこと、少しも聞いてないのね？　わたしを信じてないんだわ」

「あの夜、僕はきみたちのあとをつけたんだよ。あいつを信じてなかったから。正直言って、きみに下心を持っているんじゃないかと思ったんだ。そして窓から中をのぞくと、きみはあいつの腕に抱かれ、恋人同士の熱いキスを交わしていた！　それで、何もかも納得がいったのさ。やっと真実が見えた」

「スティーヴがキスしているところを見たの？」ジョージィはショックに打たれた。ラファエルは封印された過去をあばき、しかも事実をいまわしいものにねじ曲げてみせた。

「あれは、あなたが考えてるようなことじゃなかったのよ」

「ただひとつ受け入れられる答えは、真実だけだ。それ以外は聞きたくない」ラファエルの落ち着き払った口調にはすごみさえ感じられた。「ひとつだけ、ききたいことがある」

ジョージィは茫然《ぼうぜん》とラファエルを見つめ返した。顔は青ざめ、凍りつく思いで体が震えた。

「僕とつきあっていた間も、彼と関係を持っていたのか？」

「なんてことを……」

「そうじゃなかったんだな。わずかな慰めだ。そのあと、僕があいつにとって代わったわけか。僕が寛容なら、あいつが何かにつけて僕たちの仲を邪魔だてしたのは、嫉妬《しっと》心からだったと許すところだが、僕はあいつのしたことを絶対に許さない。そして純真無垢《むく》な少女と僕に信じこませていたきみも許せない。僕をだましておもしろかったのか？　それとも、最後までだましとおすつもりだったのか？」

ジョージィは両手で顔をおおった。

「あいつと結婚するものと思っていたよ。そのうち、妹を通じて結婚の知らせが来るものと思っていた。ところが、どんなことが耳に入ったと思う？　男をとっかえひっかえ……マリア・クリスティーナはお友達と呼んでいたが。そう、きみは男友達と、次から次へ関係を持った」

それ以上、聞いていられなかった。ジョージィはラファエルをびっくりさせるほど唐突に彼の横をすり抜けた。家の中を駆け抜け、どこへ行くのかもわからないままに走り続けた。

暑さで体力がすぐに消耗した。わき腹が痛くなって、とうとう足をとめ、体を丸めて何とか息を継ごうとしていると、足もとの埃《ほこり》っぽい地面がせりあがるように感じられた。

「ジョージィ！」

顔を上げると、決然とした足どりで、ラファエルがこちらにやってくるのが見えた。ジョージィはパニックに襲われた。もうたくさん。今は、何も聞きたくない！　必死であたりの建物を見回すと、白壁の小さな教会が目に入った。戸口は開け放たれている。ジョージィはふたたび走りだした。

中に入ると、ひんやりとした薄暗がりにすっぽり包みこまれた。ジョージィは通路をまっすぐ進み、石の柱の陰になった席についた。両腕で体を抱きしめて呼吸を整え、恐ろしい気分を静めようとした。ショックだった。気分が悪かった。ラファエルがまさかあんなことを信じていたなんて、考えただけでもおぞましい。

「ここはきみにはふさわしくない場所だ」ラファエルが背後から押し殺した声でささやいた。

「ほっといて」わたしがここにいるだけで、神聖な教会がけがれるとでも思っているの？　これが中世だったら、ラファエルはここからわたしを引きずり出し、群衆にずたずたに引き裂かせたにちがいない。ラファエルは残酷な男だ。不道徳な女というレッテルをはった人間に対しては、宗教裁判時代の先祖に戻るようだ。

そのとき、別の人間の声がした。落ち着いた、穏やかなスペイン語だ。耳が痛いほどの静寂が流れ、やがて驚いたことに、ラファエルが外へ出ていく気配がした。教会は、ラファエル・ロドリゲス・ベルガンサといえども権力をふるうことのできない場所なのだ。

救ってくれたのは神父さまにちがいない。今度は、何があったか話すように言われるだろうと、ジョージィはおびえながら待っていた。だが、何の声もかけられなかった。静寂に包まれているうちに、ジョージィも心の乱れを静め、考えに集中できるようになった。

今やっと、ダニーとはプラトニックな友達でしかないという説明に、ラファエルが耳を貸そうとしなかった理由がわかった。あの日よりずっと前から、彼はわたしのモラルに疑いを持っていたのだ。ピルが何だっていうの？　スティーヴがラファエルを嫌っていた理由が、嫉妬していたからですって！　スティーヴは単純にラファエルが嫌いだっただけ。あの抱擁の場面を見てから、ラファエルはほかのささいな事実を無理やりこじつけて、二人はもっと深い仲なのだと思いこんだのだ。

わたしがラファエルに過剰に反応したことも、誤解を促すもとになったのかしら？　浮気っぽい女と思われたわけ？　スティーヴと抱きあっているのを目撃して、ラファエルはずいぶんショックを受けたにちがいない。スティーヴとわたしは人前ではただの義理の兄と妹のふりをして、家族や友人には本当の関係を巧妙に隠している、と思いこんだのだ。

かたく握りしめた手に水滴が落ちた。はっとして手を顔へ持っていくと、知らない間に泣いているのがわかった。こんな情けない誤解をされては、泣くのもしかたない。

思い返すと、初めからラファエルは強い偏見を持っていた。わたしに惹《ひ》かれて、おそらくひどく悩んだのだろう。しかし欲望がラファエルをつき動かした。そして欲望を満たす代償が、結婚だったのだ。

とはいえ、ラファエルは内心では結婚したくなかったのだろう。マリア・クリスティーナとわたしが友達でなかったら、ラファエルは目の前の食べ物を手にとるように、簡単にわたしと関係を持ち、欲望を満たしていたにちがいない。ラファエルがわたしの純潔に疑いを持つようになるのは、自然の成り行きだったのだ。

ラファエルは情熱的で感傷的、疑い深く嫉妬心の強い、ラテン男の典型だ。最後に顔を合わせたときにきっぱりジョージィを拒絶した、氷のように冷たい男と同じ人物と考えるのは難しい。あのとき彼はスティーヴの話を持ち出しはしなかった。なぜかしら？　だまされていたことをさらけ出すのは、誇りを傷つけられると思ったの？　わたしをふしだらと言いたてもしなかった。あの日、ラファエルは目をみはるほど落ち着き払っていた。それなのに、わたしが十七歳のときからふしだらな罪にふけっていたと信じていたなんて……。

苦い思いとともに胸が痛み、重く沈んだ。ラファエルが想像していたことを考えると、ジョージィは、誇りも人格もけがされたような気がした。心の奥底では、ロマンティックな関係が戻ってくるのを望んでいた。多情な女のように扱われながらも、かつてラファエルを愛していたことを一瞬たりとも忘れるときはなかった。

ラファエルを愛した思い出はいつも心の底にわだかまり、ジョージィに弱みを見せるなと警告したり、ラファエルに惹かれてはいけないと忠告したりしていた。ジョージィは今もラファエルの前に出ると、ほかの男の人には示したことのない無軌道な行動をとってしまう。どうしてだろう？　本当はどこかで、ラファエルがわたしの体を欲しがることを喜んでいるのかしら？　わたしって、そんな女だったの？

ジョージィはせきたてられるような思いで、すり減った木製の会衆席から立ちあがった。強い日ざしがさしこんでくる戸口へと歩いていくと、太った小柄な神父が目の前に現れた。

「トマス・ガルシア神父です」完璧《かんぺき》な英語で話しかけ、礼儀正しく手をさし出してきた。

「あなたはマリア・クリスティーナのお友達のジョージィでしょう」

思いがけない言葉に驚き、ジョージィは何を言っていいのかわからなかった。

「紅茶はいかがです？　あるいはレモネードでも？　あなたは教師をされているんでしたね？　すばらしい職業ですが、私がしていたころと違って、今は大変でしょう」神父はそう言いながら、ジョージィと一緒に外へ出ると、教会の横にある小さな家のほうを向いた。

「初等、それとも中等学校ですか？」

十分後、ジョージィはレモネードのグラスを片手に、座り心地のいい肘かけ椅子に落ち着いていた。「あのう」もしこの小柄な神父が間違った推測をしているといけないと思い、ジョージィは不安げに言った。「わたしは英国国教会に属してるんですけど」

ガルシア神父はくすくす笑った。「かまいませんとも。歴史の授業についてお話ししようとしたんですよ」

それから一時間以上、ジョージィは神父とおしゃべりし、しまいには喉がからからになった。大学時代の話が種切れになると、家族やロンドンでの生活が話題になった。驚いたことに、気がついてみると気分がすっかり落ち着いていた。

「ありがとうございました」

「おや、どうしてお礼を言われるんでしょう？」ガルシア神父のきらきら光る茶色の瞳がジョージィをとらえた。「ラファエルの将来のお嫁さんと知りあいになれたのですから、うれしい限りですよ」

「お嫁さん？」ジョージィは驚いて、思わず神父の言葉を繰り返した。自分の耳にも、まるでしっぽを踏まれた猫のような声に聞こえた。

「それともフィアンセと言うんでしたかな？　こちらのほうが現代的な言いかたのようだ」

「誤解なさっているようですけど」

「まだ秘密というわけですか？　しかし、ここでは無理でしょう。当然ですが、みんなラファエルの結婚を心待ちにしておるんです」

わたしをここに連れてきたことで、とんでもない誤解を招いてしまった。ラファエルはわかってるのかしら？　わたしは昨日着いたばかりなのよ！　ラファエルがかつてわたしと結婚するつもりでいたことを、神父さまはご存じなのかしら？

あらたな苦悩をかかえて、ジョージィは家へと戻った。道すがら、今度は異常なほどいろいろな笑顔や好奇の目がそそがれるのに気がついた。急いでラファエルを捜しにかかった。今度こそエスタンシアから出してほしいと要求しよう。ばかばかしい！　いつまでもとどまってはいられないわ。

ラファエルは、オフィス代わりに使っている書斎で電話をかけていた。ジョージィがずかずかドアから入っていくと、彼女のほうを向き、うっとりするほどハンサムな顔に一瞬驚きの表情を浮かべた。ノックもしないで彼の聖域に入る人間は、おそらくひとりもいないのだろう。

「ちょっと待っていてくれ」

窓辺へ行き、ジョージィは彼に背中を向けて両腕を組んだ。ラファエルの流れるようなフランス語に耳だけ傾けた。電話が終わると、ジョージィはくるりと向きを変えた。

「トマス神父がもてなしてくださったらしいな」

「わたしたちはもうすぐ結婚すると神父さまが考えていらっしゃるって、知っていたの?」

「いや、とんでもない。四年前は、きみを手に入れようとやっきになっていたかもしれないがね。でも、僕はプロポーズするところまでも行かなかった。結局、僕はきみのような女とは結婚しないということさ。熱病にでもかからない限りはね」

ジョージィの顔に浮かんでいた怒りの色はしだいに消えていった。

「女が簡単に手に入ることに退屈していたころ、きみと出会った。欲しいと思えば、どんな女も僕のところに来てベッドをともにし、必死に僕の注意を引こうとした。僕はむしろ追いかけたかったのに、全力を尽くす必要などまったくなくて……」

「そんな話、聞きたくないわ!」ジョージィは唐突に話を中断させた。

「僕は聞いてもらいたい」ラファエルはどっしりしたアンティークのデスクに優雅にもたれかかると、黒い瞳でジョージィを見た。「ところがある日、偶然にも目をみはるような美しい少女と出会った。彼女は会うたびに頬をぽっと赤らめ、心の中をすべて映し出すきらきらした瞳で僕を見た。そのすばらしい美少女は、若さゆえに手の触れられない存在だった。それこそが、僕にとっては恋そのものだった。そんな目で見ないでくれ。僕だって、当時はまだ二十四歳だったんだから」ラファエルは皮肉っぽい口調で言いわけをした。

「今になって考えてみると、自分が思っていた以上に、思慮が足りなかったよ」

「やめて！」ラファエルの残酷な自嘲めいた言葉に、ジョージィは耳をふさぎたかった。

「男は、手の届かないものを手に入れたがるものだ。きみに惹かれた理由の四分の三はそれだった。知りあってから、きみは頭もいいし、明るくて素直だとわかった。きみが大人になるのを待つことで、求める気持は十倍にふくれあがった。それまでは何かを待つ必要など一度もなかった」

「過去を振り返って何になるの」ジョージィはつっけんどんに言った。「それは間違いよ」

「僕は別に傷つかない。僕はきみからいろいろなことを学ばされた。国の文化も二人の価値観も違ったが、僕は若かったから、そんなものは問題にならないと思っていた。だが、そうではなかった」

「だったら、なぜわたしをここに連れてきたの？」ジョージィは震える声で問いつめた。

「きみを罰したい欲求にかられたからだ。スリリングな経験だったよ」彼の言葉は容赦なかった。

「あなたって人は……なんて卑劣なの」

「だが、まだ思っていたほどの満足は得ていない。僕に組み敷かれたきみに、興奮のあえぎ声をあげさせ、僕を欲しいと言わせたいんだ。きみを僕のものにして、初めて満足する。じらされるのも、お楽しみが増えるだけさ」

考える間もなく、ジョージィはラファエルをぶっていた。静まり返った部屋に、平手打ちの音が大きく響いた。ラファエルは身じろぎもしなかった。片方の頬に、ジョージィの指の跡が赤く残っている。緊張した表情の彼女を眺め回したと思うと、唐突にラファエルは笑い声をあげた。

「初めてだよ、ジョージィ。今まで僕をぶった女はひとりもいなかった」

「あなたなんて、大嫌い！　よくもそんなことが言えるわね」

「怖いのか？　だんだん、きみの涙が見たくなってきたよ。かわいそうに、かっとなったせいで窮地に陥るはめになったな、ジョージィ！」彼の長い指がジョージィのあごを無理やり持ちあげた。「きみは衝動的で、すぐ感情に走る。僕とは大違いだ。僕は厳しいしつけを受けて育った。責任を持ち、真剣に……」

「そんなこと、関係ないわ！」中傷が人格にまでおよび、ジョージィはラファエルにかみつくように言った。「放して！」

「そう、きみは手のつけられないほど逆上する。しかし僕は、真実が知りたかった」

「でも、真実じゃないわ！　あれはあなたが勝手に信じたがってることよ。わたしをごみのように扱う口実が欲しいから、そう信じたいのよ！」

ラファエルは片手をジョージィの乱れた髪にさしこむと、痛いほどぎゅっとこぶしを丸めた。「あいつときみは寝ていた。わかってるんだ。僕がきみをものにしたら、きみも白状するさ」

「誓ってもいい、わたしはだれとも寝てないわ！　浮気女か何かのような扱いには、もううんざり！」

「だれとも寝てないだって？　ジョージィ……なぜ嘘をつく？　もう過去のことはどうだっていい。しかし、嘘には腹が立つ」

何を言ってもむだだ。そうとわかって、ジョージィは正直に言ったことを後悔した。

「放してちょうだい」ぽつりと言うと、驚いたことに、ラファエルは彼女を放した。

「今ごろになって、あいつとの関係を恥じているんだな」ラファエルはかげりをおびた瞳で、あざけるようにジョージィを凝視した。「だが、感動はしないよ」

「ひどい人！　あなたを憎むわ」

「でも欲望がうずくだろう？」

「いずれはあなたの知らない……全然知らない人と関係ができるでしょうね！」

「ああ、今までに少なくとも一度はあったことはわかっている」ラファエルは確信を持って言い放った。「聖女ぶるのはよせ。きみは違うんだから」

かっと怒りがこみあげ、ジョージィはやり返した。「今朝あんなやりとりをしたばかりなのに、この部屋に来たわたしがばかだったわ」

ラファエルが手を伸ばしてきた。ジョージィはおびえた猫のようにぎょっと後ろへ下がったが、背中が壁にぶつかった。「ああ、いや。こんなの、たまらないわ！」

ラファエルは目に笑いをにじませながら、二人の間の距離を縮めた。「以前より今のきみのほうが、魅力的だよ。四年前は、〝ええ、ラファエル。いいえ、ラファエル。あなたの思うとおりでいいわ、ラファエル〟という調子だった。僕は、きみが自分の意思を持っていないのかと疑ったものだよ。もちろん、あれはよい印象を与えるためのお芝居だったんだろうな。きみは知らなかっただろうが、僕は結婚を目標にしていた……」

「ええ、そうでしょうとも！」ラファエルが近づいたので、ジョージィは防御するように全身を硬直させた。「近寄らないで！」

「ところが、きみはそうは望んでいない。僕がきみのすべてを手に入れたいと思うように、きみも全身全霊で、僕のすべてを手に入れたいと望んでいるんだ……」

6

欲望をありありと漂わせたまなざしと、くぐもった低い声に、ジョージィは頭がくらくらした。ラファエルが片手を彼女の腰に回し、ぐいっと抱き寄せた。男らしいにおいに鼻をくすぐられ、心臓が狂ったようにリズムを刻む。次の瞬間、力強い手で軽々と抱きあげられた。ラファエルを見つめると、見せかけだけの強がりは、欲望の鋭い爪であっという間にはぎとられた。

絶望にも似た痛みが全身をつらぬく。これまでラファエルほど強くジョージィを引きつけた男性はいなかった。夜の暗闇《くらやみ》の中で、だれも知らない夢の中で、ジョージィは寝返りを打ってはラファエルを求め、心とは裏腹な欲求を恥じた。だが、今はラファエルのたくましい体も、欲望に震えているのが感じとれる。

ラファエルはジョージィをきつく抱きしめると、唇を情熱的に重ね、あらゆる感覚を熱く燃えあがらせた。不意に、ジョージィは情熱をかきたてられているのが自分だけではないのを悟った。彼女は蔦《つた》がからまるようにラファエルにしがみつき、すべての思いをこめてキスに応《こた》えた。

ラファエルは唇を離し、何かスペイン語で低く言うと、せいた感じでジョージィを抱きあげた。ラファエルの頬をてのひらで包みこみながら、ジョージィは焦点の合わない目でぼんやりと彼を見つめていた。階段を途中までのぼったところで、ラファエルは誘惑に屈したように、ふたたび唇を合わせた。

「なんてことだ《マードレ・デ・ディオス》」かすれた声でラファエルがつぶやく。ジョージィを寝室へ運んでいくと、ベッドに横たえ、荒々しく体を重ねた。

一瞬たりとも唇を離すことなく、ラファエルは自分のジャケットとネクタイをむしりとり、シャツをはいだ。心臓の音が欲望の鼓動のように聞こえる。ラファエルの指が、ジョージィのコットンのタンクトップの襟ぐりを探り当て、肩先から下へ引き下げた。欲求でかたく張りつめた胸のふくらみに手がおかれ、ジョージィは思わず体を弓なりにそらした。ラファエルが胸に唇を寄せ、そっとかむ。ジョージィの唇から思わず声がもれた。

ラファエルは顔を上げ、ジョージィを見おろしながら、身に着けていた衣類をはぎとるように脱いだ。「この瞬間をずっと待っていたんだ。本当に長かった」

そう、本当に長かった、とジョージィも頭の中で繰り返した。ラファエルの体が重ねられ、欲望が押し寄せる。体の奥が熱くほてり、何か強い力に促されて、ジョージィはラファエルのたくましい胸に手を這《は》わせた。

だが、愛撫《あいぶ》するのは男の役だとでも言いたげに、ラファエルはジョージィの手を払い、彼女を枕《まくら》に押しつけた。濃い黒いまつげの下からのぞく表情は、まさに略奪者の顔だ。ラファエルの手で、ジョージィの衣類はすべてとり去られた。

ラファエルがジョージィの髪を扇状に広げたので、白い枕の上に豊かな髪が波打ち、顔のまわりに金色の後光がさしたようになった。ラファエルはようやく自制心をとり戻したらしく、まるで獲物を見るような目でジョージィをまじまじと眺めた。

ジョージィの体が震えた。ふと今いるベッドと部屋のことを思い出した。この部屋の持つ意味と、復讐《ふくしゅう》をしたかったというラファエルの言葉を思い出して、背すじがぞくっとした。

「だめ。ここではだめ……」

「これこそ望んでいたことなんだ」ラファエルが低い声で答える。

「でも、わたしはこんなこと望んでいないわ」

「いや、きみは僕を求めている」逃れ出ようとするジョージィを、ラファエルはものすごい力でベッドに押さえつけた。「初めて会ったときから、きみは僕を欲しいと思っていた。リムジンのせいでも、異国の魅力でもなく、女学生のあこがれでもなかった。もっとずっと深いところに根ざした願望がきみにはあった。僕をものにしたい、僕のものにされたい、そんな強烈な性的な欲望があった」

「いいえ」ジョージィはあえぎ、頭を左右に振りながら必死に否定した。

ラファエルの親指が唇を開かせて、ジョージィの歯に触れた。「そしてきみはその欲求を抑えることができない」ジョージィの舌の先が意思に反してその親指を迎えた。「ほらね？　今夜こそきみは僕のものだ」

ラファエルはむさぼるように唇を重ねると、ゆっくりとじらすように、ジョージィのすべての細胞を目覚めさせていった。ついにジョージィは体の内部からわきあがる強烈な衝動に屈服し、しだいに高まる歓喜に身を震わせながら、両手を広げてラファエルを引き寄せた。

ラファエルの指先は胸のふくらみをとらえ、すべすべしたおなかを滑りおりた。突然、ジョージィは体に火がついたように感じ、身をよじった。喉の奥から思わず声がもれる。こんな激しい快感は経験したことがなかった。あらがいがたい興奮がさざ波のように押し寄せた。耐えがたいうずきが、体の芯《しん》を突きあげてくる。

「ジョージィ……きみはすばらしい」

ラファエルのかすれ声が聞こえる。だが、何を言っているか、ジョージィにはわからなかった。考える力はなくなっていた。反応を抑制することもできない。熱くたくましい体を感じ、未知のものを本能的に恐れて、ジョージィは目をいっぱいに見開いた。ラファエルの浅黒い顔に、強烈な欲望がたぎっているのが目に飛びこんだ。そのとたん、ジョージィの体の中から熱い喜びがこみあげ、胸を突き刺した。全身を震わせながら、彼の情熱的な愛撫に身をまかせた。

「ああ……きみはまるでヴァージンのようだ」

ラファエルがジョージィを力強く抱きしめ、二人はひとつにとけあった。一瞬、体をつらぬく激しい痛みに、ジョージィは思わず小さくうめいた。

「ジョージィ、まさか……」金色をおびた黒い瞳がジョージィをとらえた。黒い眉を寄せて、ラファエルが問いかけるように見ている。「いや、そんなことがあるはずはない」うめくように言うと、ラファエルは突きあげる本能のまま、さらに官能のきわみへと進んでいった。

痛みを感じなくなると、ラファエルととけあっている感覚が、生まれて初めて知ったすばらしい快楽を呼び覚ました。やっと彼とひとつになっている。そう思うと、ジョージィの体に熱い波が押し寄せてきた。ラファエルがはやる心を抑えながら、ゆっくりと、慎重に突き進んでくるのがわかる。

経験したことのない興奮が、切ないほど強烈にわきあがってきた。ラファエルが、より速く、より力強く動き始めると、ジョージィの鼓動も信じられないほど速くなった。快楽にのみこまれ、小刻みに震えながら、たとえようのないエクスタシーへとのぼりつめていく。ラファエルも同じ高みへのぼっていくのが感じられた。最後にもう一度深く体を沈めると、ラファエルは身を震わせて、低いうめくような声をあげた。

しばらくの間、ジョージィは打ちのめされた思いでぼうっとしていた。だが、体のほうはたった今知ったばかりの歓喜の余韻を引きずっていた。腕の中にラファエルがいる。彼の重み、感触、ずっと前からなじんでいる男らしいにおい……。そのすべてが好ましかった。

ラファエルが体をずらして、黙りこくって隣に横たわると、ジョージィはひとりとり残された気がした。

そんなふうに感じるのはやめなさい。そう命じる声がした。わたしたちは恋人同士じゃないのよ。何のきずなも、思いやりも、愛情もない。ふっとむなしさがこみあげる。でも、人生で一度ぐらい罪をおかしても、いいんじゃないの？　わたしの罪は、ラファエルと抱きあったこと。たった一度だけ。二度とは繰り返さない。わたしは彼と愛しあった……いいえ、セックスした。ジョージィは必死に、どうしようもない不快感と闘った。ラファエルとわたしは、どちらも加害者ではないし被害者でもない。わたしはいつもラファエル・ロドリゲス・ベルガンサが欲しかった。

「パリにアパートメントを買ってあげよう」ラファエルがささやく声がする。「一緒に旅行するのもいいだろう。しかし、きみはここに二度と来てはいけない。妹と手紙のやりとりをするのもだめだ。王女さまのような暮らしをさせてあげるし、何でも買ってあげるが、僕の名前だけはやれない」

ジョージィは心臓をナイフでぐさりと刺されたような気がした。胸が苦しい。これがこの四年間、わたしが待っていた人なの？　愛人になれっていうの？　激しい嫌悪感が襲ってきた。

「何か言えよ……何でもいい」ラファエルが体を寄せ、ジョージィの額に張りついている湿っぽい髪の毛をとりのけた。

まだ体の芯に残っている熱いうずきが、まるで自分自身におかした最大の裏切り行為のように思える。

「マードレ・デ・ディオス！」恥辱と自責の念でいっぱいのジョージィの耳に、ラファエルの声がはじけるように響いた。「ジョージィ」

「お風呂に入りたいわ」ジョージィはつぶやいた。だが、裸のまま部屋を横切って浴室まで行くことを考えると足がすくむ。

ラファエルの手がジョージィの腕をつかんで振り向かせた。厳しく問いつめる目で、ラファエルがじっと見つめている。かたい表情と蒼白《そうはく》な顔色が、激しいショックを受けたことを物語っていた。

「どうかしたの？」ジョージィは眉をひそめた。

「これはどういう意味なのか教えてくれ……」暗い声できく。

ジョージィはいぶかしく思いながら、ラファエルの見つめているほうを見た。シーツの上に血の跡がある。ジョージィはぎょっとした。隠したかったが、もう手遅れだ。ラファエルに見られてしまった。思いもよらないことだった。子供のときからかなり運動をしていたから、純潔を失った肉体的な証拠がこういう形で表れるとは、考えてもいなかった。

「きみは経験がなかったんだ」ラファエルは髪をかきむしりながら、大きく息を吸った。

「ばかなこと言わないで！」ジョージィはあざけるように言い、枕を抱きかかえた。

「僕を見て」苦しみで声が震えている。「きみはヴァージンだった……」

「ばかなこと言わないで！」

ラファエルが腕に力をこめてジョージィをベッドに押し倒した。

ジョージィのどんな小さな表情も見逃すまいとするように、じっと視線を据えていた。

「そんなふうにわたしを見るのはやめて」

「あのとき……おかしいとは思ったんだ。しかし、まさかと思って……」

「何のこと言ってるのか、わからないわ」

「やめろ、ジョージィ。きみはヴァージンだった！」

「そんなに何度も言わないで」

「認めるんだ」

「わかったわ、あなたが初めてよ。さあ、ベッドの支柱に刻み目でもつけたらどうなの！」ジョージィは叫び返した。恥ずかしい思いがたぎるように押し寄せる。まぶたの裏側がちくちくしてきた。

「だが、どうしてこんなことに？」

「もう、ほうっておいて！」

いきなりラファエルがジョージィを抱き寄せた。彼の中にまだ激しい情熱がうずいているのがわかる。抱かれながら、ジョージィはマネキン人形のように身をかたくしていた。

何の反応も示さないジョージィに、ラファエルは押し殺したような息をついた。「すまない。許してはもらえないだろうね。僕の間違いを証明しようとして、こんな犠牲を払うなんて……。どうやって埋めあわせをしたらいいのだろう？」

自分の身も守れないでいるときに、ラファエルはいつもわたしを追いつめる。運命を呪《のろ》いながら、ジョージィは乱れた胸の内を何とか整理しようとした。ラファエルの言葉が胸に突き刺さる。わたしが誤解をとくためだけにヴァージンをささげたと、ラファエルは考えているのだ。

「埋めあわせなんかしてくれなくてけっこうよ。だって、わたしは何も証明するつもりはなかったんですもの。あなたにどう思われようと、まったく気にしないわ」

「本気で言ってるんじゃないだろう」

「おあいにくさま、本気よ。そんな考え、これっぽっちも浮かばなかったわ」

「いや、たった今二人が分かちあったものを考えたら、僕の心がきみにとって何の意味もないなんて、言えるわけがない」

「さっきのは、はっきり言って心と心が交わったわけじゃないでしょう?」嘘《うそ》が口をついて出た。「セックスしたからって……」

「愛しあったんだ」

「交わっただけよ」ジョージィはありったけ下品な言葉を使おうと心に決めて、きっぱり言った。

「そんなことを言うな!」怒りに燃える瞳がジョージィを見据えた。

「あら、あなたなら使ってもよくて、わたしはだめな表現のひとつというわけ?」ジョージィはよそよそしく言った。「どうして、そんなささいなことにこだわるのか、わからないわ」

「僕たちがこういう関係になったあとでも、ささいなことだっていうのか?」ラファエルが厳しい口調で問いつめた。

「死ぬまでヴァージンでいる女性は、そんなに多くないはずよ。だって、わたしも二十三歳だから、そろそろころあいじゃないかと……いいえ、正直言うと、そんなこと考えなかったわね」

「きみは動転して、いたたまれない思いをしているようだ。僕が追いつめているのか」

「あなたはいつだってそうだった。もう慣れたわ」

「すまないと思う」ラファエルはジョージィのこぶしを包みこみ、指を開かせながら、こわばった声で続けた。「きみをずっと傷つけていた。四年前、きみの抗議に僕は耳を貸そうともしなかった。僕の顔を見て。何か言ってくれ」

「この次に一夜の情事を楽しむときは、たぶんもっと上手にできると思うわ」ジョージィは苦々しげに言った。あふれそうな涙を必死にこらえ、声が震えた。

「この次はありえない」

　ラファエルに罪悪感だけは持ってもらいたくなかった。ジョージィは大声で叫んで彼をひっかいてやりたかった。ラファエルはわずかに残るプライドさえ、はぎとろうというのだろうか。過去のことはすんだこと。パンドラの箱を開けるようなまねは二度としたくない。

　四年前のことだけではない。この二日間にしても、ラファエルのために苦しんできた。足もとのちりのように踏みにじられながら、お返しにジョージィは彼とベッドをともにした。わたしは、なんてばかなんだろう。頬を涙がひとすじ伝って落ちた。

「いとしい人《ケリーダ》……頼む、泣かないでくれ」ラファエルがうめいた。「きみの望みは何でもかなえる。償いをさせてくれ……」

「だったらラパスへ戻らせて」逃げることしかジョージィの頭の中にはなかった。

「それはきみの本心じゃない」ラファエルが自信たっぷりに否定する。

忍耐もそこまでだ。怒りで表情をひきつらせ、ジョージィは彼を見た。「わたしが何を望んでいるか、あなたは知っているというの？」

心外といった表情を見せ、ラファエルはベッドからおりて浴室へ大またで歩いていった。

ジョージィは枕に顔を埋《うず》めた。どうしてラファエルはわたしをほうっておいてくれないの？　こみあげてくる涙をこらえた。泣いてはだめ。ばかなまねをして物笑いの種にされるのは、一日一回あれば十分よ。

これですべて終わった。四年前に……いいえ、六年前、ラファエル・ロドリゲス・ベルガンサに初めて会ったときに始まった何かが終わった。十代のあこがれは恐ろしいほどにつのり、そして消えようとしていた。ベッドをともにしたことで、永遠に終わりを告げるのだ。マリア・クリスティーナとの友情にも終止符を打たなければならないのは、つらかった。

ほかに選択の余地はない。ラファエルにつながる関係は、すべて絶たなければ。マリア・クリスティーナとの手紙のやりとりも、もうおしまい。彼女の手紙はいつもラファエルの近況を知らせてくれた。ときには兄のことしか書いてなくて、ほかに書くことがないのかしらと、不思議に思うほどだった。

でも、その手紙のおかげで、ジョージィの頭と心の中でラファエルはいきいきと息づいていた。これからは、ラファエルのことは忘れて自分の人生を生き続けなければならない。マリア・クリスティーナとの友情も断ち切らなくては。新たな苦悩に、ジョージィの胸は押しつぶされた。

不意にベッドからすくいあげられた。「何をするの？」

「バスタブにお湯を張ったよ」

「なぜ？」

「今のところ僕にできることは、それくらいしかなさそうだからさ」ラファエルは短く言って、ジョージィの体を包んでいたシーツをとった。寝室から浴室に向かい、温かい湯の中へ彼女を入れた。

ジョージィは黙ったまま、すばらしい大理石の浴槽の真ん中で膝をかかえ、髪がくしゃくしゃになった頭を垂れて、ぼうっと水面を見つめた。

「わたし、家に帰りたい」ぽつりと言う。

「マリア・クリスティーナに会いたかったんじゃなかったのか？」

「いいの」

「いい？」ラファエルが繰り返した。

「ええ」

「どうして？　いや、今の質問は忘れてくれ……」ラファエルはそう言って、浴室から出ていった。

浴槽にどのぐらいいたのかはわからないが、ジョージィは機械的に体を洗ってから、寝室へ戻った。

シーツが新しいものにとり替えられていた。頬がかっと熱くなった。ああ、みんなに知られてしまう！　こうなったら、ラファエルが帰りの飛行機を手配してくれない限り、この部屋から一歩も出ないから！　震える手でナイトドレスを着ると、ジョージィはベッドにもぐりこんだ。

どうしてこんなことになったのかしら？　ラファエルに恋をしたのがいけなかったの？　六年前か、四年前か、あるいは昨日？　ラファエルは欲望を満足させたとたんに、背を向けて去っていった。愛人としてパリで暮らさないかと言い出されたときから、彼の目的は明らかだった。これほどの苦痛を与える男性を愛するなんて、どうかしている。

だが、ジョージィはラファエルを愛していた。傷つけられ、怒りをかきたてられたときには、激しい感情でラファエルを憎むこともできた。すべての底には愛が流れていて、愛されたいという願望があった。だが、ラファエルはそんなわたしの愛に報いることがあっただろうか？　いや、一度としてなかった。

ジョージィはいつの間にか眠りこんでいた。かすかな物音で目が覚め、驚いて起きあがると、ラファエルがベッドのわきに立っていた。

「夕食を持ってきたんだ。昼食のときは眠っていたから」

ジョージィはぽかんとした。ラファエルがトレーを持っているなんて。全然彼らしくない。いつもと違ってラフなスタイルをしていた。ネクタイをゆるめ、シャツのボタンを二つはずしている。

ジョージィは不安げに目をそらした。「ありがとう」

「家政婦のテレイサには、気分が悪いと言っておいたよ。それから……シーツをとり替えたのは、僕だから」

ラファエルがシーツをとり替えたですって。どうしてそんなことをするの？　生まれてから一度も自分でシーツなどとり替えたことがないはずなのに。ああ、証拠を隠すためね！　ジョージィは穴があったら入りたい気分になった。

「話す必要があるな」

「ないわ」ジョージィは顔を上げようともしなかった。

「それじゃ、僕が話す。きみは聞いていてくれ。この二日間の僕の態度には、言いわけのしようがない。僕は頭がどうかしていたにちがいない」ラファエルは落ち着いた口調で認めた。「僕はまったく節操をなくしていた。いや、常軌を逸していたのは、最初からだった。きみとの間に起こったことは、何もかも後悔している」

急に食欲がうせた。ラファエルはジョージィを侮辱し、脅し、自由を奪った。そして今になって、謝っているのだ。だけど、ここまで言うのには、プライドがなかなか許さなかっただろう。

「そう。許してあげるわ」ジョージィはさりげなさを装って言った。

「ずいぶん寛大なんだな」

ジョージィはやっとわかった。二人は抱きあい、その結果、仲が深まった。ジョージィが励まさなければ、ラファエルだってベッドをともにすることはできなかっただろう。ジョージィは無理に顔を上げて、ちょっと肩をすくめた。「口数は少ないほどいいっていうわ」

「どうしてそんなに落ち着いていられるんだ？」

明日はもうここにはいないからよ。

「いけないかしら」ジョージィはもう一度肩をすくめて、かすかな笑みまで浮かべてみせた。ふっと二、三時間前の記憶がよみがえり、肌がほてってきた。

ベッドでのラファエルはすべての夢をかなえてくれた。そう思った瞬間、ジョージィは自己嫌悪にかられた。

「よろしい《ブエノ》」ラファエルがかすれた声で言った。緊張が目に見える波となって伝わってきた。たくましい体を硬直させて、ラファエルは彼女を見つめた。

沈黙があたりを押し包んだ。ジョージィは最初の皿からえびをつまんで、かまわずむしやむしゃ食べた。

「では、あらためて言わせてもらう。僕の妻になってくれ」張りつめた沈黙を引き裂いて、ラファエルが言った。

7

おいしそうなえびの二匹目に手を伸ばしかけたまま、ジョージィはびっくりしてラファエルを見あげた。金色をおびた黒い瞳が刺すように見つめている。

「そう、わたしは天使になったのね」ささやくような声しか出ない。

「えっ？」ラファエルが怪訝《けげん》な顔をした。「トマス神父にはもう話をしておいた」

「何をしたですって？」

「きみが望むのなら、ラパスにいる知りあいの英国国教会の牧師と連絡をとってもいい」

「自分の耳が信じられない。あなたはわたしと結婚したくないはずよ！」

「四年前、僕がもっときみを信じていたら、とっくに夫婦になっていたはずだ」

「でも、四年前は四年前、今とは関係ないわ」

「ジョージィ……僕はきみと結婚したい」

ジョージィはラファエルから目をそらし、深いため息をついた。「二人は文化も価値観も違うと言ったとき、あなたは本気だった。ベッドをともにしたから、結婚しなくちゃいけないと思っているのね？」

「きみと毎夜ベッドをともにする権利が欲しい」ラファエルは低くつぶやいた。

体がかっと熱くなった。二人の間に強烈に引きつけあうものがあるのは確かだが、別の状況だったら、肉体関係を持ったからといって、ラファエルが結婚を申し出ることはありえない。彼は罪悪感を感じているのだ。

償いの意味で結婚を申し出ているのだろう。セックスしたから結婚する。ヴァージンだったから結婚する。四年前にそうしたかったと話してしまったから、しかたなく結婚するのだ。ほかに何の理由もない。わたしが長年抱いてきたような、ロマンティックな思いはかけらもないにちがいない。ラファエルはわたしに借りができたと思い、犠牲を払うことにしたのだ。

「わたしとあなたはつりあってないわ」ジョージィはかぼそい声で言った。「でも、あなたの申し出はありがたいと思うわ」心にもないせりふだった。名誉だの品位だのを重んじるラファエルが憎い。そんな理由で結婚を申しこまれても、全然うれしくなかった。「ありがとう、でもお受けできないわ」

「ただの思いつきじゃないんだ」

「わかってるわ。好きでもないし、妻にしたくもない女性に結婚を申し出るには、大変な勇気がいったでしょうね。でも、わたしはあなたと結婚したくないの。だから犠牲を払う必要はないのよ」

「今はきみのことを、そんなふうに思っていない。四年前、判断を誤って……」

「判断を誤ったですって！」ジョージィはおうむ返しに叫んで天を仰いだ。あのときどれほど傷ついたかは、忘れられない。

「僕のことも考えてみてくれ」

「あなたのこと？」

「スティーヴがきみを妹として見ていないことは、僕にはわかっていた。きみに性的な関心を抱いているのに気づいて……」

「まだ事実をゆがめようというの？　あの夜、スティーヴが突然わたしに抱きついてキスしたのは、お酒を飲みすぎたからよ。ガールフレンドとけんかをして、どうかしていたのよ。だれだって、ときには衝動的にばかなことや、おかしなまねをすることがあるでしょう。でも何の意味もないわ」

「きみは自分に都合のいいようにものを見ているだけだ」

「どういう意味？」

「スティーヴのことは、お兄さんとして、家族の一員として、まだ好きなのか？」

明らかなことをあえて言う必要がどこにあるのか理解できなくて、ジョージィはいぶかしく思った。「当たり前よ。家族ですもの。それのどこがいけないの？」

ラファエルは顔をこわばらせ、厳しい空気を漂わせて押し黙っていた。長い沈黙のあと、ようやく心を決めたように肩をすくめた。「彼の腕に抱かれたきみを見たとき、僕がどう感じたと思う？」

真実を知った今でも、ラファエルがスティーヴに対して敵意を持ち続けるとは驚きだ。わたしのことを誤解したように、スティーヴのことも考え違いをしているのが、わからないのだろうか？　ラファエルは、ふざけ半分のキスを目撃したことで、スティーヴを恨んでいるのだ。「あんなことがあって、わたしも驚いたけれど、あなたも面食らったでしょうね」

「僕はきみを愛していた！　あの夜の感情は面食らうなんてものじゃない。それに次の日のこともあった」

「わたしを愛していたなんて、信じられないわ」

「もうたくさんだ！　きみと結婚したい理由が、ほかにあるというのか？」

ジョージィはごくりと唾《つば》をのんだ。四年前、ラファエルが愛していたと聞かされても、苦悩がつのるだけだった。愛していたとしても、信頼はしていなかった。だから一度も振り返ることもなく、去っていったのだ。

「でも、今はそんなこと関係ないでしょう？」

「きみがそう言うのなら」

「おたがい、もう言うことはないはずよ」

「また決まり文句だ」ラファエルは怒りで瞳をぎらつかせて彼女をにらんだ。「数週間して、僕の子供を妊娠しているとわかったとき、きみはどんな決まり文句を言うつもりなんだ？　〝あら、大変。思ってもいなかったわ〟そういえば何でも解決すると思っているのか？」

ジョージィは真っ青になり、ラファエルをにらみ返した。

「そう、避妊はしなかった。弁解のしようのない不注意だったが、あのときはほんの一瞬危険が頭をかすめただけで、きみがまだピルをのんでいるだろうと勝手に思いこんだ。だが、きみのその顔からすると、そうじゃなかったようだ。それにしても、四年前はどうしてのんでいたんだ？　避妊する理由はなかったのに」

ジョージィは乾いた唇を湿らせた。悲観的な未来像が切れ切れに浮かぶ。たったひとりで子供を育て、仕事もなく、両親を悲しませて……。急いで頭の中で計算してみる。妊娠する可能性は少しはあるが、確実というほどでもない。

「可能性はほとんどないんじゃないかしら」

「楽天的なんだな」ラファエルは皮肉っぽく笑った。「それで、妊娠したかしないか、正確にはいつわかるんだ？」

「そんなこと、あなたには関係ない……」

「大いに関係ある」

　ジョージィは不満げな顔で、日数を伝えた。

「可能性がほとんどないなんて、どんな計算をしたんだ。きみはものすごい楽天家だな。僕は結果がわかるまで待つつもりはない」

　どっと疲れがこみあげ、ジョージィはため息をもらした。結婚したいと言ったもうひとつの動機が、急に理解できた。自分の血を引く子供が私生児として生まれるのは許せないというわけだ。

「まさかそこまで運命は意地悪じゃないわ」ジョージィはつぶやいた。

「子供は天からの授かりものだ。できるだけ早く結婚しなくては」

　ジョージィはくすくす笑いを抑えられなくなった。「わたしはあなたと寝たわ。でも命をささげたわけじゃないわよ」

「僕がそそのかした」

「わたしぐらいの年齢の女は、そそのかされたりしないわ。自分の行動に責任はとれるわ」

「しかし、きみはいつだって衝動的だ。昔からそうだった」

「幸運にも、わたしたちのどちらも望んでいない結婚に同意するほど衝動的ではありません！　たった一度の愚かな過ちのために、人生を捨てるつもりはないわ」

「過ちを受け入れることも、学ばなくてはならないよ」ラファエルはそう言い捨てると、かたい表情のまま戸口へ向かった。

「そんなこと、絶対するものですか！」ジョージィは彼の背中に言葉を投げつけた。「わたしの気持を変えられると思わないでほしいわ」

ドアがぴしゃりと閉まった。ジョージィは枕《まくら》に寄りかかった。ラファエルの結婚の申しこみは、冗談に近かった。わたしの返事を聞く前に、結婚式の手配もすませていたなんて！　ラファエルらしいわ。彼はいつも先に歩いていく。わたしが息を切らして追いつくものと決めてかかっているのだ。

ジョージィもかつては愛する男性と結婚することを夢見ていた。しかし、それは過去のこと。今は年齢を重ね、経験も積んでいる。ラファエルはわたしを愛してはいない。過去に一度でも愛したことがあったかどうか、とても信じられない。最後に会ったときも、冷たく感情を殺していた。恋をしている男性は、苦々しい怒りや嫉妬《しっと》心から、恋人に怒りや激しい感情をぶつけるものじゃないの？

ラファエルのアパートメントで最後に会ったときのことは、今でもありありと覚えている。

ジョージィがとり乱し、屈辱的な懇願をする間、ラファエルは冷然としていた。ジョージィは涙を流して許しを請うた。どうか聞いてちょうだいと頼み、わたしを捨てないで、ジョーと泣きわめいた。

ジョージィはラファエルに首ったけだった。ダニーとの仲を誤解されたとはお笑いぐさだ。当時ジョージィは、スティーヴにキスされた場面をラファエルに目撃されていたとは知らなかった。もちろん義兄の愚行を暴露するつもりはなかった。義理の兄のことは好きだったし、家族へのいたわりは別にしても、人に話すにはあまりにもきまり悪い出来事だった。ラファエルに見られていたとは、これっぽっちも考えなかった。


翌朝目が覚めると、ジョージィはジーンズに、男物の白いシャツを着た。もう駆け引きはおしまい。必要なのは、冷静さと常識だけだ。

だが、階段をおりていき、玄関ホールに現れたラファエルの姿を見るなり、冷静さは即座に吹き飛んだ。ラファエルは体にぴったり合ったベージュの半ズボンと、黒いポロシャツという乗馬用の身なりをしていた。たくましい体の線がくっきりと浮きあがっている。けだるげな足運びは、無意識のうちに動物的な官能を漂わせている。ラファエルの体から発散されるオーラに打たれ、ジョージィは階段の途中で足をとめた。

「おはよう、いとしい人《ケリーダ》。きみは今も乗馬をしているかい？」

「大学へ行ってからは、一年に二、三度乗っただけ。あまり余裕がなかったから」

「乗馬は一度習ったら忘れるものじゃないよ。明日、遠乗りに連れていってあげよう」

どういうわけか、ラファエルの言いかたを聞くと、ダブルベッドで昼寝をしようと誘われているように感じる。

「明日は、もうここにはいないわ」

「そうじゃないだろう?」手を伸ばして、ラファエルはさっとジョージィを引き寄せ、腕の中に抱きとめた。まだ一段高いところに立っていたので、ジョージィはラファエルと目の高さが同じになった。

「ラファエル、やめて」

ラファエルはかすかに開いたジョージィの唇を、舌の先でこじ開けるようにしてキスした。

ラファエルの息が頬をかすめる。キスはいっそう情熱的になった。ジョージィの体の中で欲望が頭をもたげるのがわかった。ナイフのように鋭くとぎ澄まされた貪欲《どんよく》な欲望が、全身をつらぬく。より刺激的な感覚を求め、ジョージィは頭を後ろにそらし、両手をラファエルの首に巻きつけて体をのけぞらせた。

「今朝、僕のベッドにいてくれたら、こんなにきみを求めたりしなくてすんだのに」

ラファエルはハスキーな声でつぶやくと、ジョージィの喉もとのやわらかな肌に、ざらざらした頬を寄せ、耳たぶをかんで引っぱった。ジョージィは、体全体に火がついたように感じた。

「ああ……今日はお客さまがいるんだ」ラファエルは両腕を体に巻きつけたまま、ジョージィを階段から床へおろした。

「お客さま？」ジョージィはぼうっと繰り返した。

「父のいちばん上の姉のパオラ伯母さんを紹介するよ。きみが家族の一員として伯母さんに話しかけるのを望んでいるよ」

白髪でまん丸な黒い瞳をした小太りの女性が笑いかけていた。ジョージィも思わず笑みを返していた。この女性を見れば、だれもが笑顔を返さずにはいられないだろう。伯母のパオラは一歩前に出てジョージィの手を温かく握り、挨拶《あいさつ》の言葉をつぶやいた。

「そして、伯母さんがめんどうを見ているベアトリス・エレーラ・レオンだ」

ジョージィは、階段をおりてくる若い黒髪の女性に目を奪われた。すらりと背が高く、すばらしい仕立ての服を着こなした、まばゆいばかりの美貌《びぼう》の女性だった。紹介される間、きらきらした黒い瞳がジョージィを値踏みするように見つめる。突然、ジョージィは自分のふだん着や、はれあがった唇、くしゃくしゃの髪が、ひどくみすぼらしく感じられた。

「あなたに会えて、とてもうれしいわ、セニョリータ」ベアトリスはよそよそしく形式ばった言いかたをした。「花嫁《ノヴィア》はとてもきれいだこと、ラファエル」ベアトリスの優雅な笑みは二人に向けられていたが、目は冷たいままだった。

「ノヴィア？」ジョージィは聞きとがめた。マリア・クリスティーナのおかげで、いくつか知っているスペイン語の単語のひとつだった。

ラファエルの腕がきつくジョージィの腰を抱いた。「失礼、朝食の前にいくつか電話をしなくてはいけないので」

ジョージィはラファエルの書斎へ、引きずられるように連れていかれた。ドアを閉めると、ラファエルは伏し目がちな黒い目でジョージィを眺めた。

「ノヴィアですって？」もう一度繰り返した声は、一オクターブ上がっていた。

「パオラ伯母さんは、きみのつき添い役をするために来たんだ」

腰に手を当て、ジョージィはラファエルをにらみつけた。「わたしの何ですって？」

「今は、きみの評判を守りたいと思うのが当然だろう。僕の一族はとても保守的なんだ」

ラファエルは謝りもしなかった。「ここへきみを連れてきたことで、僕はきみの信用を傷つけた。伯母がやってきたから、もう不名誉な噂《うわさ》はたたないだろう」

「あの人たちは、わたしがあなたと結婚すると思っているのね？」

「そうだよ」

「そんなこと考えてみたこともないって、ゆうべ言ったでしょう！　気持が変わることはないの。あなたは勝手に一族の人たちとばつの悪い思いをすればいいわ」

「そうはいかない。結婚式がとり行われないとなれば、みんな嘆くし、僕がまた巧みに責任逃れしたと言うだろう」

「ああ、常習犯なのね？」ジョージィは皮肉を言わないではいられなかった。

「するつもりもないのに、期待をあおったりしたことは一度もない」

「あなたとは、結婚しないわ」

「僕はだれよりもきみが欲しい。この薄暗い部屋でも、きみの美しさはきらめく炎のように輝いている。情熱的で表情豊かなすみれ色の瞳で見つめられると、体中が熱くなる。結婚したい気持の中に、そんな欲求があったら悪いのだろうか？」

ジョージィの体に震えが走り、うなじの毛が逆立った。ラファエルの声を聞いただけでぞくぞくしてくる。しんとした静けさの中で、緊張が高まってきた。恥ずかしいことに、ジョージィは胸がかたく張りつめるのを感じた。体中のありとあらゆる細胞が、期待をつのらせてわきたつようだ。

「欲望だけでは満足できないの」ジョージィはあごを突き出し、きっぱり言った。

射るような瞳とぶつかり、ジョージィは一瞬身動きもできず、息をすることも、考えることもできなくなった。デスクの端にもたれているラファエルは、今にも飛びかかろうとする飢えた虎《とら》のように、危険な美しさをたたえていた。胸がずきんと痛んだ。

「物足りない思いはさせない」ラファエルが追いうちをかける。

でも、愛はない。ラファエルは愛人が欲しいだけだ。そんな屈辱的な役割を演じるのはプライドが許さない。ジョージィは肌がかっと熱くなった。ベッドの上のおもちゃになるなんて、まっぴら。贅沢《ぜいたく》なものをすべて手に入れた男が、もうひとつ所有物を増やそうというだけだ。性的な快楽だけを求めて結婚すると、ラファエルは言っているのだ。

四年前ラファエルが愛と呼んだものも、おそらくこのたぐいのものだったのだろう。欲望……。初めて出会ったときは、わたしが幼すぎて相手にならなかったために、かえって欲望が強くなったのかもしれない。ラファエルは自分でそのことがわかっているのかしら？ それまで彼は、手に入れたいと思えば待つ必要などなかったのではないかしら？

結局、わたしは情熱と欲望と愛に裏切られ、ラファエルに征服されてしまった。結婚などしたら、彼に抱かれるたびに自分自身を裏切り、自己嫌悪にむしばまれていくだろう。

「できないわ」ジョージィの声は耐えがたい緊張でこわばっていた。

「後悔しないかい？」ラファエルが優しく尋ねた。「いずれは僕もだれかと結婚する。そろそろ妻と家族が欲しい年齢だからね」

ジョージィは真っ青になった。ラファエルのさりげない言葉は、残酷な刃《やいば》で無防備な胸をぐさりと突き刺すようなものだった。

「僕を残酷でいやなやつだと思うだろう？ しかし、それはきみのせいなんだ。きみは、僕がほかの女性と結婚すると思っただけで、嫉妬心をかきたてられ……」

「やめて！」ジョージィは打ちのめされたようにあえいだ。ラファエルの容赦ない率直さと、冷徹な洞察力を前にして、ジョージィの心は激しく揺さぶられた。

「もう少し時間の余裕があったら、僕だってもっと穏やかに、思いやりを持って……」

「ひどい人！」

「これだけは覚えておいてほしい、ケリーダ。四年前、傷ついたのはきみだけじゃない。自尊心と感情をめちゃめちゃにされたのは、きみひとりではないんだ」

ジョージィははっと体をかたくした。ラファエルの言ったことが胸の奥にずしんと響いた。確かに、過去の出来事をラファエルの立場から考えてみたことはなかった。だが、一方で別の声が聞こえる。あのとき、ラファエルが本当に思ってくれていたら、わたしの言葉に耳を傾けたはずだ。今になって何だっていうの？　たとえ当時ラファエルがわたしを愛していたとしても、今は愛していないことに変わりはない。

「朝食にしよう」ラファエルがいらだたしげに言った。

ラファエルが歩き始めて、デスクの上に置かれているものが目に入った。ジョージィは急いで駆け寄った。「わたしのバッグだわ！」

「ああ……きみがなくしたことをホテルの支配人に知らせておいたんだ。運転手がホテルに返してきたので、ゆうべ遅く届けてもらった。中身を確認するといい」

パスポートはあるし、お金も入っていた。ほっと安堵《あんど》のため息がもれる。

「トラベラーズ・チェックは使わないのかい？」ラファエルがきいた。

「用意する時間がなかったの。あのタクシーの運転手にお礼をしたいんだけど……」

「それはもうすんでいる」

「泥棒呼ばわりして悪かったわ」

「彼もできればそうしたかったかもしれない。だけど、きみが人相やタクシーの登録番号を覚えている恐れがあったからやめたんだろう」

ジョージィは深く長々と息をついて顔を上げた。「これで問題はなくなったわ。家に帰れる……」

「しかし帰国する前に、僕はきみが妊娠していないという確証を得たい。まだそれができていない」

「ゆうべは、自分がしたことをすべて後悔していると認めたじゃないの!」

「だからといって、きみが五歳の子供のようにふるまうのを許すつもりはない」ラファエルは冷ややかに言い放った。

「よくも人を子供扱いできるわね! ここに連れてきてくれって、頼んだわけじゃないわ! あなたと会いたかったわけじゃないのよ」

「それなら、独房で目が合ったとき、どうしてあんな飢えた顔をして僕を見たんだ?」

「そんなふうに見たりしてないわ!」

「それなら、ラパスへ戻る道中、笑みを浮かべ、攻撃の武器のようにそのすばらしい脚を見せびらかしていたことも、覚えてはいないんだろうね」

「あなたが激しい欲求を抑えられないとしても、わたしのせいじゃないわ！」

「きみの望みどおりの効果はあったとも。僕は無視していたが、きみのほうでそれが気に入らなかった。四年前も、まったく同じだった。生まれつき、じらすのが好きなんだろうな」

「なんてことを言うの！」あまりに腹が立って、言葉が出てこなかった。

「僕が間違った印象を持っていたと主張するなら、きみがどんな演技をしたのか、自分の胸にきいてみるといい。もしも僕に十代の娘がいる場合、胸もとの深くくれたタンクトップに超ミニスカートをはいて、デートに出かけようとしたら、家の奥へ連れ戻すだろうな！」

「洗練された大人に見せたかったのよ、センスのない人ね！」

「人前では見苦しくない服装をするべきだ。二人だけのときも、相手を困惑させない格好をしたほうがいい」

ジョージィは抑えられない激しい怒りをかきたてられて、口がきけないほどだった。バッグをつかみ、嫌悪感をみなぎらせた視線をラファエルに投げ、戸口へ向かった。

「ジョージィ……」ラファエルが低い声で呼びかけた。「伯母に気まぐれな態度を示されたら、きみ以上に僕は不機嫌になるからね」

ジョージィは歯ぎしりした。ラファエルの冷静な口調が怒りをいっそうつのらせる。一度も振り返らないまま、ジョージィは部屋をあとにし、玄関から家の外へ出た。ラファエルのいやみをあと一分でも聞かされていたら、彼を殺していたかもしれない！　怒りでかっかとしながら、ジョージィは美しい庭園を歩き回った。

わたしの意思に反してここに閉じこめる権利は彼にないわ！　怒りに燃える目で、ジョージィはがらんとしたヘリポートを見て、ふたたび歩き始めた。大農園《エスタンシア》を出る方法は何かあるはずよ。親戚《しんせき》やゲストはヘリコプターで来るらしい。ほかの人たちはどうやって来るの？　馬に乗って……歩いて……あるいは車で？　とめてある四輪駆動車に目がとまった。ジョージィはにっこりして、人けのない周囲を見回した。

四輪駆動車ならどこかへ行けるはずだ。そっと忍び寄って中をのぞくと、キーがさしこまれたままになっている。

運転席にするりと乗りこむと、ジョージィは時間をむだにすることはなかった。衣服はあとでラファエルに送ってもらえばいい。お金とパスポートは戻ってきた。とりあえず必要なものはこれだけだ。エンジンをかけ、燃料計をチェックした。燃料は満タンだし、助手席の前の床には水の入った瓶がおいてある。ジョージィは逃げ出したいという思いで頭がいっぱいになり、アスファルトの道に車を出した。

およそ二キロほど行ったところで道は終わってしまった。だが、遠くに紫色にかすむ、雪をいただいたコルディエラ山脈まで広がる大地は平坦《へいたん》で、四輪駆動車なら何の問題もなく行けそうだ。とはいえ、サバンナには草がしげり、思ったよりでこぼこしている。低木の生えた土地に来ると、車で進むのはさらに困難になった。

エアコンをつけっぱなしにしても、暑さは容赦なく襲ってきた。胸の谷間を汗が滝のように流れ、ジーンズの下は、火にあぶられているようだった。ほんのたまに生えている木が、単調な風景にアクセントをつけていた。

ひとりぼっちという心細さがジョージィの胸に忍び寄ってきた。渇いた喉をうるおそうと車をとめ、瓶に口をつけた。だが、瓶を傾けてみて、水が入っているものとばかり考えていたのが、実は喉がひりひりするような強い酒だったのに気がついた。むせて涙をこぼしながら、ジョージィはがっかりして瓶をほうり出した。

エスタンシアから二、三時間も車で行けば、何か集落でもあるだろうと予想していたが、何も見つからなかった。燃料計の針を注意深く見守りながら、アクセルを踏む足に力をこめた。やがて、左のほうに、木立とピンク色に輝くものが見えた。家の屋根かしら？

しばらくして、期待は裏切られた。干潟をとりまいていた美しいピンク色のフラミンゴの群れが、真っ青な空を背景に美しい色を散らして舞いあがった。ジョージィはうっとりと夢のような光景に見とれた。エンジンをとめ、車の外へ出た。

どうやら戻るしかなさそうだ。またあなたの勝ちね、ラファエル。干潟の岸辺までぶらぶら歩きながら、ジョージィは無力感をかみしめた。ガラス細工のように輝く水面に、何かが動いた。

「きゃあっ！」

丸太と思っていたのは、巨大なわにだった。恐怖にかられ、胃がきりきりと縮みあがった。ジョージィは必死で車のほうに走った。

車のウィンドウを閉めたときには、もう一匹のわにがずんぐりした脚で草をかき分けて岸に上がってきた。

ジョージィはあわてて車を回し、来た道を戻り始めた。一時間ばかりすると、エンジンがせきこむような音をたて始めた。やがて停止し、うんともすんとも言わなくなった。暑さに耐えきれず、ジョージィは瓶の中身をあおった。液体は液体に変わりはない。肩で息をしながら、惨めな思いで救出されるのを待った。のろのろと一時間が過ぎた。ふとヘリポートにヘリコプターがなかったことを思い出した。空からの捜索なしでは、干し草の山から針を見つけ出すようなものだ。

こんなところで死ぬくらいなら、ラファエルと結婚するんだったわ。そう思いながら、ジョージィは灼熱《しゃくねつ》地獄のようになった車内に耐えられなくなり、よろよろ外へ出た。車の中で窒息するか、外で太陽に焼かれるか……ほかに道はない。ラファエルのせいよ。ラファエルのせいでこんなはめになったのだ。わたしを自暴自棄にさせたのはラファエル。でも、どうしてもっと前に逃げる努力をしなかったのだろう？

なぜスティーヴに電話をしなかったの？　イギリス大使館に連絡をとらなかったのはなぜ？　ヘリコプターの操縦士を丸めこむとか、トマス・ガルシア神父の慈悲にすがるとか？　そう、何もしなかった。わたしは伝書鳩《でんしょばと》のようにラファエルのもとへ帰っていき……そして彼と寝た。わたしは逃げる努力は一度もしなかった。そして今、こんな行動に出たのは、単に怒りにかられたせいだった。

車の陰の草に、ジョージィは腰をおろした。かげろうの揺らめく地平線にぽつんと点が見えた。初めは獲物をかぎつけたコンドルか何かだろうと思った。やがて、それは馬に乗った人間であることがわかった。丘の上で人と馬は静止し、輪郭が空を背景に浮かびあがった。ラファエルだ。ジョージィにはそれがわかった。体で感じとれた。

黒いアラビア馬にまたがった姿があれほどまでに精悍《せいかん》でりりしいのは、ラファエル以外には考えられない。胸が締めつけられそうだった。

わたしは結婚しないと言ったのに……。ぼんやり思いながら、ジョージィの胸にゆっくり安堵の思いが広がった。

8

ジョージィはふらふらと立ちあがった。ラファエルは巧みな手綱さばきで、ジョージィの五メートルほど手前でぴたりと馬をとめた。どこかけがをしていないか確かめるように、疲れきったジョージィをさっと見回してから、無線機をとり出し、スペイン語で早口に話し始める。

ジョージィはじっとしたまま、恐ろしいほどの重苦しい沈黙の中で、ラファエルを見つめていた。彼は、ひどく怒っているはずだ。今にも〝僕の言ったとおりだろう〟と、突き放したようなせりふが飛び出すにちがいない。そのせりふは彼のお気に入りの言葉だ。ラファエルは、常に自分が正しいと証明したい人間なのだから。ジョージィは非難を受ける覚悟をした。

危険がいっぱいの未知の土地にやみくもに飛び出したのは、軽率で愚かすぎるふるまいだった。どんな厳しいことを言われても文句は言えない。だが、ジョージィがあまんじて非難を受けようと思ったのは、ラファエルの目を見たからだ。彼の金色をおびた黒い瞳には、彼女の無事を知った喜びがありありと表れていた。

悲観論者のラファエルのことだから、わたしの身に最悪の事故が起きた予想もしていただろう。太ったわにがわたしの骨の横で昼寝していても、驚かなかったかもしれない。

ラファエルは優雅でなめらかな動作で馬をおりると、黙って水筒を投げてよこした。水筒はジョージィの足もとの草むらに落ちた。震える手で拾いあげ、冷たい水を流しこみ、やっと人心地がついた。だが、喉をうるおしながら、不自然な沈黙が流れていることに気づいた。

「なんてことだ《マードレ・デ・ディオス》！」今まで聞いたこともないほど激しい怒りを漂わせた口調で、ラファエルが叫んだ。「こんなばかな女だったとは。ああ、きみなんかと出会ったのが、僕の運の尽きだ！」

ごくりと唾《つば》をのんで、ジョージィはうなずいた。感謝をこめた笑顔を向けるのは、まだちょっと早すぎるらしい。

「何か言うことはないのか？」

「あの……」かん高い、おかしな声しか出なかった。

ラファエルは一瞬険しい顔になり、片手で荒々しくジョージィのシャツの胸もとをつかんで引き寄せた。「これがおもしろいと思うのか？　集められる限りの人間を集めて、捜索に当たらせているんだ！　それで何か言うことがあるのか？」

「ごめんなさい。心から謝るわ、でも、車が故障したのはわたしのせいじゃないでしょう?」

「修理のために車庫に入れてあったんだ」

「まあ……そんなこと、知らなかったわ」

「どこへ行くつもりだった?」

「どこかに村か牧場でもあるかと思って……。人に迷惑をかけるつもりはなかったんだけど」

「やれやれ、信じられないよ」ラファエルは鋭い視線でジョージィをにらみつけた。「この先何百キロ行っても、何もない」

「何百キロも?」

「ああ、飲める水も、食料もない。いるのは毒蛇と……」

「わにがいたわ」少しは怒りを静めることができるかもしれないと思い、ジョージィは彼の言葉のあとを続けた。

「わに! 干潟まで行ったのか?」ラファエルはいちだんと声を張りあげた。「すると、車からおりたんだな。何のために?」

「あんまり暑くて……」

「ピラニアや電気うなぎがうじゃうじゃいるところで泳ぐつもりだったのか?」

「そんなこと、考えもしなかったわ！」

スペイン語で悪態をつくと、ラファエルはもう一度ジョージィを揺さぶった。シャツのボタンが二つはじけ飛んだ。「泳ごうとしたはずだ！　そう顔に書いてある。そこまできみはばかなのか？　わかった！　きみに必要なのは、子守り役とベビーサークルだ」

シャツの前をかきあわせながら、ジョージィはラファエルの言いかたにだんだん腹が立ってきた。「そんな、わたしの言うことも……」むっとして口を開きかけた。

「黙れ！」ラファエルが一喝した。「きみはかっとなって飛び出した。このラファエル・ロドリゲス・ベルガンサは、無鉄砲な、あまったれの言うことなど聞く気はない！」

「もううんざり、この威張り屋！」

「今、何て言った？」

怒りでぶるぶる身を震わせて、ラファエルはジョージィをにらみつけた。強靱《きょうじん》な体から、熱波のような一触即発の緊張が発散されている。

「四年前に結婚していたら、きみは僕のことをもう少し尊敬していただろう」

「あなたのことだから、鞭《むち》でそうさせたにちがいないわ。それがお似あいよ！」

「きみに鞭を使う必要はない」ラファエルの怒りに満ちた視線が、ボタンのとれたシャツの間からのぞいている豊かな胸にとまった。

ラファエルの魂胆はすぐにわかった。「やめて」

ラファエルはブーツをジョージィの脚にからませ、あっという間に草の上に押し倒した。即座にジョージィに重なると、ジーンズのスナップに手を伸ばした。「フェラーリでのお楽しみは次の機会にしよう。今はここ、ベルガンサ家の土地の上だ」

やっと気をとり直したときには、ジョージィのジーンズは半分脱がされていた。「あなた、どうかしちゃったの?」

ジーンズがはぎとられた。ラファエルはそのままの姿勢で、乗馬ズボンのファスナーに手をかけた。ジョージィは茫然《ぼうぜん》とラファエルを見あげるだけだった。ポロシャツも脱ぎ捨て、たくましい胸の筋肉が緊張している。男の欲望のにおいが鼻をくすぐり、暑さの中にいながら、ジョージィは体が震えた。

「ラファエル!」

「きみは僕のものだ……この土地のように」

ラファエルの語調の奥に、強烈な欲望がうずいているのが感じられた。ぎらぎら光る目が、飢えたようにジョージィの全身を探る。

ジョージィの体はたちまち燃えあがった。「だめ!」ラファエルがかがみこんでくると、ジョージィは懸命にとめようとした。

「きみは僕の女だ」しなやかだが驚くほど力のこもった手が彼女の頬を包みこんだ。「僕が目的を達するころには、きみにもわかっているはずだ」

「こんなふうに男っぽさを振りかざされるのは、大嫌いよ」

「嘘《うそ》つき。きみはすっかり熱くなっているじゃないか」

大きな笑い声をあげ、次の瞬間ラファエルはジョージィの心までとかしてしまいそうなほど情熱をこめたキスをした。欲求をかきたてられて頭の中が真っ白になり、ジョージィは何も考えられなくなった。ラファエルの手がジョージィの髪を激しくまさぐり、開きかけた唇に熱い舌が巧みに侵入してくる。

もう一方の手で、ラファエルはジョージィのブラを乱暴にはぎとり、あらわになった胸のふくらみに指を這《は》わせた。低いうめき声をもらしながら、ラファエルは官能的に愛撫《あいぶ》する。

意思に反して体は火がついたように熱くなり、ジョージィは耐えられなくなった。恍惚《こうこつ》として、無意識に指をラファエルの髪の中にさし入れる。敏感な胸に強くキスされ、ジョージィの体は熱い液体のようにとろけだした。

ラファエルが顔を上げると、ジョージィは彼の頭を引き寄せ、もう一度熱く激しいキスを求めた。瞳を見つめたまま、両腕をラファエルの背中に強く巻きつけて撫《な》で回した。

不意にジョージィは悟った。狂気だろうとなかろうと、わたしにとってラファエルがすべてなのだ。ずっと彼だけを求め、彼だけを思い続けていた。必要なのはラファエルだけだ。

熱く燃えるジョージィの肌を、じらすようにラファエルの指がさまよう。ジョージィの口からかすかな声がもれた。ラファエルの引きしまった肩に指を食いこませ、わきあがる快感をさらに深めたくて、ジョージィは身をよじった。ラファエルに強く抱きしめられ全身が期待に震えた。体の奥のうずきと飢えは、今いやされようとしていた。

ラファエルは激情にかられたように、ジョージィとひとつにとけあった。体中の感覚が、エクスタシーを求めて叫び声をあげる。ラファエルの背中に爪を立て、ジョージィは彼と同じリズムで動いた。力強い動きのひとつひとつが、二人の一体感を高める。今は何も考えられない。ただ感覚だけが二人を支配し、歓喜の高みへと押しあげる。情熱が抑制のきかないほど高まり、震えながら終局へ駆けのぼっていく。ジョージィは恍惚のあまり声を発し、粉々に砕け散るようなクライマックスに達した。

ぼうっとしたもやの中で、ジョージィは重いまぶたを開けた。太陽に裸身をさらすラファエルは、原始の金色の神を思い起こさせた。目の前に横たわる異教徒の生け贄《いにえ》にじっと目をそそいでいる。何を考えているのかわからない虎《とら》のような彼の目を見て、ジョージィは胸を刺すような痛みを覚えた。

「ラファエル」無意識に片手を上げ、こわばった頬を優しく撫でた。

「愛する人《エナモラーダ》……」かすれた笑い声をあげると、ラファエルは赤くはれたジョージィの唇にキスをした。そして、めくるめく愛撫がふたたび始まった……。

わたし、何をしたの？　いったい何を？　おぼつかない手で服を身に着けるジョージィの頭の中に、繰り返し苦悩に満ちた疑問が浮かんでくる。自分が粉々に砕け、絶望の淵《ふち》に立っている気がする。ジョージィを服従させるためにラファエルがぶつけてきた激しい欲情に負け、彼女の中で何かが消えていった。

震える手でシャツの裾《すそ》を結ぼうとしていると、ラファエルが近づいてきた。ジョージィの手を優しくどけて、しわくちゃになったシャツを脱がせた。そして馬のところへ戻ると、鞍《くら》袋から男物のポロシャツを引っぱり出した。ジョージィは頬を赤く染め、投げられたシャツを受けとると、急いで体をおおった。

ラファエルは鞍にまたがると、ジョージィを引っぱりあげて自分の前に乗せた。かたくなっている彼女のおなかを押さえ、自分の体にゆったりと寄りかからせた。

「わたしと結婚したい理由はこれなの？」きかないではいられなかった。だが、言ったとたん、黙っていればよかったと後悔した。

「何のことかわからないよ、いとしい人《ケリーダ》」ラファエルははぐらかした。

いいえ、ラファエルはちゃんとわかっているはずよ。

「セックスのことよ。それって、結婚指輪に値するの？」

「ずいぶんあからさまに言うんだね」けだるげにラファエルがささやいた。

「どうせ、わたしは世慣れていないわ」

「セックスの点では、僕たちはぴったりだ。それを否定しろというのかい？」

たった今、分かちあったばかりの濃密な時を思うと、ジョージィもラファエルの言葉が理解できる。だが、もっと何かが欲しかった。ラファエルに激しい欲望を抱かせるだけでなく、まだほかに何かが欲しい。必要とされ……愛されたい。そう思ったとたん、怖くなった。

なぜなら、ジョージィはもうラファエルなしでは生きていけなくなったからだ。これまでずっとそのことに気づかずに、彼と一種のゲームをしてきた。思い返せば、どんなときも、ジョージィは本気でラファエルのもとを去ろうとはしなかった。今日だって、ラファエルがきっと追いかけてくると確信しながら車を走らせていた。ただ、まさかこんな結果になり、自分があれほど我を忘れて燃えあがるとは、思ってもみなかったけれど。

プライドは、今はどこかへ行ってしまった。ラファエルに打ち砕かれ、その陰に隠れることもできない。彼は、わたしの肉体的な反応を利用して、あっけなく征服したのだ。ラファエルと結婚するつもりはないと怒りに燃えて宣言したのに、その言葉は何の意味もなくなった。わたしに拒絶されて、ラファエルはこういう行動に出たのだろう。彼は怒ると、礼儀も主義も忘れてしまう。それは骨身にしみてわかったはずだ。追いつめられると、わたしは衝動的に行動を起こすが、ラファエルの場合、容赦なく冷酷になるのだ。ジョージィはぞくっと身を震わせた。

ラファエルの腕が彼女の腰を強く抱いた。「ほとんどないときみがいった可能性だが、これでかなり高まったな」

ラファエルが何のことを言っているのかわかり、ジョージィは背すじが寒くなった。

「今度はどんな言いわけをするつもり？」

「何も。ただきみが欲しかっただけさ。寛大にもきみが言ったとおり、きみぐらいの年齢の女性は自分の行動に責任を持っている。そうなると当然、僕は無責任でいてもいいことになる」

「でも、あなたは無責任な人じゃないでしょう、ラファエル」

「しかし、僕の心は変わりやすくてね」

ジョージィは憤りで体が震えた。妊娠の可能性を高めるのが、ラファエルの目的だったのだろうか。最初のセックスだって、ラファエルのたくらみだったのかもしれない。ずるくて、策略をめぐらせる男。それがわたしの愛した人なの？　怒りはたちまち消えた。そうよ、わたしはラファエルを愛してるの。頭がおかしくなりそうなほど……。おそらく死ぬまで愛し続けるだろう。

ジョージィはごくりと唾をのみこみ、深呼吸をしてきいた。「結婚式はいつにするの？」

ラファエルが手綱をとり落とした。彼らしくない不手際に、ジョージィは首をかしげた。

馬が歩みをゆるめた。

「ラファエル？」

ラファエルはかがんで手綱を手にとったが、奥歯を食いしばっている様子がわかった。

ラファエルはショックを受けたのだ！

ジョージィの顔から血の気が引いた。「ただの冗談よ。わたしと結婚することなんか、本気で考えたことないんでしょう……。もちろん、わたしもそう思ってたわ！　ちょっとからかっただけよ」

ラファエルが両腕でぎゅっと体を抱いたので、ジョージィは息がつまりそうになった。

「ばかなおしゃべりはやめるんだ。そんな重要なことで、冗談は言いたくない」

ラファエルの体に密着していると、鼓動が激しく打っているのを感じる。呼吸も不規則だった。一瞬にして、ラファエルは結婚したくないのだとわかり、ジョージィは目の前が真っ暗になった。生きているよりわにに食べられてしまったほうがいい気分だ。「よくわからないんだけど、あなた、動揺しているみたいね」

「きみの想像力にはかなわないよ」

「動揺してる顔つきよ」

「おそらく、きみが降参するだなんて、思ってもみなかったせいだろう。まさかこんなに……」いつものラファエルらしくなく、言いよどんだ。

「こんなに早く？　こんなに簡単に？　わたしが、もっと抵抗すると思ったのね？　あなたが欲しいと言ったものをわたしがあげたとたんに、欲しくなくなったのよ。わかったわ……」

「黙るんだ」ラファエルは落ち着きをとり戻してさえぎった。「顔を見せてくれ」

ラファエルは両手でわきの下を支え、ジョージィが馬からおりるのを助けた。続いて自分も馬からおりると、ガラスまでも切り裂きそうな鋭い目で、ジョージィを凝視した。

「ラファエル、何なの？」

「ジョージィ、本当のことを言ってくれ。たった今あんなことがあったあとで、なぜ結婚する気になったんだ？」

まさかこんなに率直な質問をぶつけられるとは思ってもいなかったので、ジョージィは顔を赤くして目をそらした。

「何を言ってもかまわない。それで何かが変わるわけじゃないから」

「あなたがとても魅力的だからよ」いきなり苦境に立たせるラファエルを呪《のろ》いながら、ジョージィはのろのろと答えた。結婚について彼が言ったことがひとつひとつ思い出される。わたしがヴァージンだと知る前も、知ったあとも、彼はまったく感情を表さなかった。

「それはわかっている」そっけない言いかたに、いらだちがまじっていた。「きみと話しあう必要がある。僕を信じて、正直に言ってくれ。どうして僕と結婚したいんだ？」

わたしが愛していると勘づいたのかしら？　だから、また罪の意識を抱いているの？　わたしが彼の愛を期待して結婚すると思い、重荷に感じているのかしら？　ジョージィは唇をかみながら、ゆっくり頭を上げた。「わたしがずっと夢見てきた生活を、与えてもらえそうだからよ」必死に考えて答えた。

「なるほど、すばらしい。では、そろそろヘリコプターを呼ぼう。きみは疲れた顔をしてる」

ジョージィはラファエルが無線機を使うのを見つめていた。明らかに、わたしは間違った答えをしたんだわ。でも、ラファエルは何と言ってほしかったのかしら？「ラファエル……あなたを愛しているから結婚したいって言ったら、あなたは何て言うつもりだったの？」

「息がとまるほど笑いこけただろうな」セクシーな唇に皮肉っぽい笑みが浮かんだ。「そして必死で逃げ出したはずだ。愛ゆえの結婚だなんて、ひどく厄介で複雑な思いをするだけさ」

斧《おの》を打ちおろされたとしても、これほどの痛みは感じなかっただろう。頭のどこかでは、いつか過去の行き違いが解決したら、ラファエルもわたしを単なるセックスの相手としてではなく、別の見かたをしてくれるようになる、と信じていた。だが今、ラファエルは二人の間にそんな感情は介在させたくないと、はっきり言いきったのだ。

「すてき、これでおたがいの心ははっきりしたわけね」どんな女優もかなわないほどの名演技で、ジョージィは明るく応じた。粉々になった心の内は、絶対に気づかれたくなかった。

「問題はなくなったということか」

そのあとヘリコプターが着陸するまで、ラファエルは何も言わなかった。ジョージィは沈黙がむしろありがたかった。疲れがどっと押し寄せてくる。今日は人生で最も長い一日だった。ありとあらゆる感情をかきたてられた気がした。

「今にも倒れそうだな」ヘリコプターからおりると、ラファエルはジョージィを両腕に軽々と抱きあげて、家の中へ運んだ。

「もうひとつ問題があるんだけど、わたし、ときどきあなたのことが嫌いになるの」ジョージィはがっしりした肩に頭を預け、くぐもった声でささやいた。

「それはおたがいさまさ」

「自分が嫌いってこと、それともわたしのことが嫌いって意味？」

「きみさ」ラファエルがさらりと答えたとき、家政婦のテレイサが寝室のドアを開けた。ジョージィはわっと泣きだした。ラファエルは確かにショックを受けた。だが、それ以上にジョージィもショックを受けていたのだ。

「子供じゃあるまいし……本気じゃないよ。マードレ・デ・ディオス」ラファエルはジョージィをベッドの上におろした。「まったくきみときたら、次にどんな行動に出るのか予測もつかないんだから！　今まで出会った中で、いちばんわけのわからない女だよ」

「おまけにばかな女……それも忘れないことね！」ジョージィはすりあげながら、枕《まくら》に顔を埋《うず》めた。そうでもしないとラファエルになぐりかかりそうだった。

「悪かった」

ラファエルの言いかたは、敏感になったジョージィの神経にさわった。彼はただ、彼女の不愉快なふるまいをやめさせるために、謝罪を口にしているだけなのだ。

もう一度大きな声でラファエルが謝った。口調は相変わらずよそよそしかった。

「許してあげる」

「僕たちは土曜日に結婚する」

土曜日まであと三日しかない。「土曜日？」

「仕事上、その日が最も都合がいいんだ」

また惨めな気持が押し寄せる。都合がいいですって？　結婚式は仕事の打ちあわせのように、スケジュールに組みこまれたというわけね。

「ご両親に出席してもらいたい？」

「今ごろ二人きりでギリシア旅行を楽しんでるの。邪魔したら悪いかしら？」

「きみが決めることだ。疲れているようだね。僕も思いやりが足りなかった」

思いやりが足りないですって？　ベルガンサ家流の控えめな表現ですこと！

「今日はずいぶんいろいろなことがあった」ラファエルはなおも続けた。「しかし約束するよ、僕と結婚したことを決して後悔させない。きみを幸せにする。たぶんきみはここに住みたくないんだろう？　住むのはどこでも自由だ」

ラファエルにとっては大農園《エスタンシア》こそ唯一の家のはずだ。

「もっとも寝室がどこにあろうと、たいした問題じゃないけどね」

とどめを刺されたようなものだ。ジョージィはぐっとこぶしを握りしめた。ラファエルにとってわたしがどんな意味を持っているかは、今さら言われなくてもわかっている。

ドアを閉めてラファエルが出ていくと、ジョージィは不安になった。わたしのことをそんなふうに見ている人と、どんな関係を築いたらいいの？

ラファエルの口調はどうしてあんなにとがっていたのだろう？　わたしと同じように混乱しているというの？　今日のラファエルは一日中、気分がころころ変わっていた。結婚に同意されて、彼は突然、そんなことは望んでいなかったと気づいたのだろうか？

ああ、そうだったらどうしよう……。ラファエルは挑戦が好きだ。生まれつきの狩人《かりゅうど》で、獲物自体より、狩りをすることに興奮する。今は、自分自身がしかけた罠《わな》を後悔しているのだろうか？

テレイサが食事を運んできた。ラファエルの伯母もやってきて、ジョージィの体の様子を尋ねた。今さらながら大騒動を起こしたことに気がつき、ジョージィは身が縮む思いだった。やがて眠りに落ち、目が覚めたときは夜もずいぶんふけていた。

しばらくあれこれ思い悩んでいたが、彼女は心を決めると起きあがってガウンを着た。階下に明かりがついている。たぶんラファエルが仕事をしているのだろう。

階段をおりきったとき、ベアトリスが頬を赤くして目をぎらつかせ、書斎から飛び出してきた。「こんなに侮辱されたのは、初めてだわ！」彼女はジョージィに食ってかかった。「全部あなたのせいよ。あなた、いったい何をしたの？　彼のように立派な家柄の教育を受けた人が、あんなに酩酊《めいてい》するだなんて……」

「酔ってるの？　ラファエルが？」

「あなたとの結婚のせいよ。ほかにどんな理由があるっていうの？」ベアトリスが責めたてた。「同情したら、どなられたわ。ラファエルはあなたみたいな女となんか結婚したくないのよ。どこの馬の骨ともわからないくせに。彼と知りあいになるために、妹のマリア・クリスティーナを切り札に使うなんて最低！　ベルガンサ家の名に少しでも敬意を払う気持があるなら、ラファエルを自由にしてちょうだい！」

真っ青な顔で震えているジョージィを残し、ベアトリスは階段を上がっていった。

9

書斎のドアを控えめにノックしたが、何の返事もない。ジョージィは恐る恐るドアを開けて、中へ入った。デスクの上に明かりがひとつついているだけだ。ラファエルは回転椅子に体を沈め、長くしなやかな脚をデスクにのせている。デスクの上に書類が乱雑に積まれていた。顔は陰になっていたが、目を閉じているのがわかった。

ラファエルはひげも剃《そ》らず、着替えてもいなかった。伸び始めたひげと乱れた髪のせいで、まるでならず者のように見える。

ウィスキーの瓶がほとんど空になっているのを見て、ジョージィはショックを受けた。ベアトリスにラファエルを自由にしてほしいと言われるまでもなかった。わたしと結婚すると考えただけで、こんなに自暴自棄になったのだろうか。わたしが大農園《エスタンシア》から出ていったら、さぞうれしいにちがいない。

ウィスキーの瓶の隣に銃が置いてある。リヴォルバーかしら？　なんてこと！　ジョージィは胃のあたりが締めつけられた。まさかラファエルはそれほど絶望しているというの？　ラファエルは強い人よ。それなら、なぜ銃がここにあるの？　酔っぱらうなどという、最も彼らしくないまねをしたとき、どうして銃を持ち出してきたの？

胸をどきどきさせながら、ジョージィは銃をとりあげようと忍び足で近寄った。ふと、つま先に一枚の書類が触れたので、かがみこんで拾いあげた。マイナス記号のついた数字が並んでいるのが目に入った。銀行の書類らしい。莫大《ばくだい》な債務をかかえた人物に関する報告書だった。極秘の書類を見たことに当惑し、ジョージィはあわててデスクの上に書類をのせた。

「ベアトリス、こそこそするのはやめろ！」突然、ラファエルがどなった。

ジョージィはぎょっとして、あえいだ。

「何が欲しいんだ？」ラファエルは何とか目の焦点を合わそうとしていた。

「ベアトリスはとても怒っていたけど、いったい何があったの？」ジョージィは緊張を隠し、努めて明るい声で尋ねた。

一瞬、冷笑がラファエルの口もとをゆがめた。何も答えない。

「ラファエル？」

「ほっといてくれ……僕は酔ってる」ろれつが回らない。ラファエルはまた酒瓶に手を伸ばした。「終わりだよ」

「どういう意味？」

「何もない……何にもだ！」ラファエルは乱暴に繰り返した。

何もないって、どういう意味なの？　結婚するのがいやで大酒を飲んだのかどうか、きいてみたかった。だが、もしそうだと答えられたら、慰めるどころかラファエルをひっぱたいてしまいそうで、ジョージィは黙っていた。

「きみに何があげられるだろう？」ラファエルがつぶやいた。

ジョージィはデスクの上に戻した銀行の報告書に視線を戻した。ああ、この報告書にある人物はラファエルなのだ。つまり、彼は途方もない負債をかかえているんだわ。大酒を飲みたくなるのも無理はない。

「ラファエル、事業で何か問題が起きたの？」

「事業で問題？　どうして僕が問題をかかえていると考えたんだ？」ラファエルがきき返した。急に鋭い表情になった。もっとよく見ようとするように、椅子の中で体を少し起きあがらせた。

のぞき見したとは思われたくなかったので、ジョージィは報告書を見たことは言わなかった。ラファエルはプライドが高い。どんなことにしろ失敗は大嫌いなはずだし、隠そうとするだろう。だが、ラファエルの酔っぱらった原因が結婚ではなかったとわかり、ほっとした。

「わたしには正直に話して、ラファエル。だれにもしゃべったりしないから」

「きみは、僕が財政的な失敗をしたと思っているのか?」

「そういうことなのね」

「何だって?」ラファエルは黒い髪を指ですき、考えにふけっている様子だった。やがて、びっくりするほど唐突に顔を上げた。「わかった。きみは心配してるんだな。夢のように贅沢《ぜいたく》な暮らしを、僕がさせられなくなったんじゃないかって……。それで結婚をとりやめにしたいということか?」

「わたしがそんな気持になるわけないでしょう」声がかすれ、目には涙が浮かんできた。ラファエルがあまりにかわいそうだった。彼のようにお金持に生まれついた人が、当然のことと思っている名声や財産を突然とりあげられたら、どうやって生きていけるだろう。

「そうは考えない?」ラファエルがかすれた声で尋ねた。

かすれた声は、絶望の深さを表しているのにちがいない。ジョージィはそれ以上離れていられなくなった。何とかラファエルを慰め、安心させてあげたい。デスクを回って、ラファエルに身を投げかけ、そのしなやかな腰に両手を巻きつけた。彼は酔っぱらっているから、立ちあがることはできないと考えたのだ。

「お願い、あっちへ行けなんて言わないで。プライドのことなんか、考えないで」

「プライド?」

「まあ、本当に酔っているのね?」ため息をついたとたん、どうしようもなく優しい気持に襲われ、ジョージィはラファエルの膝に顔を埋《うず》めた。

「酔っている？」

「たぶんあなたは覚えていないでしょうから、明日の朝、もう一度全部言い直さなくちゃいけないわね。ねえ、聞いて。あなたの財産なんか、わたしには全然重要じゃないの。あなたが破産しようが、山ほど借金があろうが、気にしないわ」

「借金？」

「これから先、どれだけ事態が悪化するのかわからないでしょうけれど、わたしにとっては、そんなことは問題じゃないのよ」

「問題じゃない？」

ジョージィは涙をこらえてラファエルを見あげた。「わたしがお金にこだわる女だと、あなたは思っているのね？　ひどいわ。わたしはあなたと結婚したいの。幸せになるために、贅沢な暮らしなんかいらないの」

「いらない？」

ジョージィはうめいた。「相当酔ってるみたいね。わたしの言ったことをいちいち繰り返さないでちょうだい」

しなやかな手が伸びてきて、ふっくらしたジョージィの下唇の縁を人さし指で優しくなぞった。ジョージィが頬をてのひらに押しつけると、ラファエルの手からすっと緊張が引いていくのが感じられた。長い沈黙があった。

「その銃をどこかへやってくれるわね？」

「どの銃？　ああ……これか」ラファエルはいたって無造作に銃を引き寄せた。「どこかへしまわなくてはと思っていたんだ。トマス神父が、気の短い男が銃を持っているのを聞きつけて、だれかに発砲するような事件が起こる前に、銃を手放すように説得したのさ」

勝手な想像からとんでもないメロドラマを作りあげたらしい。ジョージィは頬を赤く染めた。ラファエルは落ち着き払った目で、ジョージィの横顔をまじまじと見つめた。

「僕のいとしい人《ケリーダ・ミア》、本当にきみは気にしてなかった？」

「決まってるでしょう」

「おかしな人だ」うなるように言うと、ラファエルはかがみこんで、ジョージィをすっぽり両腕に抱きかかえた。

「酔いがさめてきたようね」

「ショックを受けたから」

銀行から受けとった悪い知らせにショックを受けたのだろう。ラファエルに受け入れてもらえたのがうれしくて、ジョージィはがっしりした肩に頭を預けた。

「今日一日、ずっと心配していたのね」朝食前の、ラファエルの不自然な態度を思い出した。

「今はそのことを考えるのはよそう」

「わたしがいるって、知ってほしかったの。あなたの支えになりたいわ」

「ようやく、きみは……あの……初めて僕への好意を示してくれたね」

好意ですって？　このとてつもなく強烈な感情を、なんてつまらない言葉で表現してくれるのかしら！　でも、ラファエルはとてもプライドが高い。おそらく、好意ぐらいしか受け入れる準備ができてないのだろう。

「あなたが必要としているだろうと思ったの」

「きみは……負け犬に哀れみを感じるタイプなんじゃないか？」

「ラファエル、あなたは負け犬なんかじゃないわ」ジョージィは愛情をこめて反論した。「だれだってお金で不自由な思いはするものよ。だからといって負けたわけじゃないわ！　人は、ときには間違いもおかすのよ。完璧《かんぺき》な人間なんていないんだから」

「かつては自分を完璧だと思っていた」ラファエルはため息をついた。「でも今では、買いかぶりだったと感じ始めているよ」

「あなたがそんなに自分に批判的になったら、わたしまで落ちこんでしまうわ」

「しかし、きみにはずいぶんひどいことをした。そのことでは、まだまだ反省が足りてないよ」

「これから新たな出発をするのよ。ねえ、そうでしょう？　初めて出会ったときのように」

「ちょっと言っていいかい？　最初にデートした日から、きみを抱きたい誘惑にかられていたんだよ」けだるげにつぶやいたラファエルは、自分の言葉を楽しむように目を輝かせた。膝の上にのせられたジョージィのウエストに手を巻きつける。

「でも、あのときはそうじゃなかったわよね？　あなたはとってもよそよそしかったわ」

押し殺した声をもらして、ラファエルはジョージィの額に自分の額をくっつけた。「ジョージィ……きみに手を出さないように、どれだけ僕が我慢していたか、考えたことがある？　抱きたくてしかたなかったけれど、きみがまだ若すぎたから……」

「本当？」

「若さにつけこみたくなかったし、肉体的な欲望でほかのことをすべて忘れてしまうようなことは避けたかった。僕にとって、結婚は生涯守り続けていく真剣な約束ごとだからね」ラファエルは最後の言葉に力を入れた。「土曜日までじっくり考えてくれ、ケリーダ・ミア。いったん結婚したら、二度と気まぐれは許さないからね」

ジョージィは不安ではなく、安心を与えられた思いがした。これまでは心の奥底で、セックスにもいつかは飽きがきて、また捨てられるのではないかと心配していた。ところが今ラファエルは、二人の結婚は生涯続くだろうと言ったのだ。

「シャワーを浴びて、コーヒーを飲みたいな」ラファエルは顔をしかめた。「きみは寝たほうがいい。床のきしむ音がしたら、ベアトリスが聞きつけて、きみにいやみを言うといけない」

「そんなこと、かまうもんですか」

ラファエルは立ちあがり、ゆっくりジョージィを床におろしてから、じっと顔を見て口もとをゆがめた。「しかし、僕がかまうんだ」静かに言い聞かせるような口調だった。

ジョージィはぱっと顔を赤らめて、二人の関係がいかに変わったかに気がついた。ほんの少しの間だけラファエルは自制心をなくしたようだったが、今また主導権を握っている。

「ひとりでは寂しいわ！」

ラファエルはハンサムな顔をのけぞらせ、心から楽しそうに笑った。財産をなくしそうな人にしては信じられないほど気楽に見える。虚勢を張っているのかしら？　あるいは、わたしが想像したほど、事態は悪くないのだろうか？

ラファエルはジョージィをドアのわきへ連れていき、手を握りしめた。「ジョージィ……きみと僕の情熱が一致していることは、すばらしい。崇高な満足さえ覚えるほどだよ」ジョージィを抱き寄せると、とろけるようなキスをした。つま先から背すじにかけてぞくぞくした感触が這《は》いあがり、息がとまるようだ。「おやすみ、愛する人《エナモラーダ》」

きっとラファエルは、酔いをさまして徹夜で財政上の破綻《はたん》を立て直すつもりなんだわ。

書斎のドアが閉まる前、唐突にジョージィは言った。「結婚式を挙げるのに、これ以上悪いタイミングはないわね。外国を飛び回ったり、銀行や債権者と打ちあわせをしなくてはならないんでしょう?」

ラファエルは目を閉じ、体をこわばらせた。頬に赤みがさす。「いや、平常なふりをするのがいちばんいい。方策が立てられるまでは、秘密がもれないようにしないと」

「だれにも打ち明けないでいられる? ストレスがたまりそうね」ジョージィは気づかわしそうに言った。

「こんなことで僕たちの結婚式をだめにさせはしないよ」

「ええ、あなたがそう言うのなら……」

「大丈夫だよ」

ラファエルが何をおいても結婚式のことを第一に考えていることに感動して、ジョージィは唇をかみながらうなずいた。階段をのぼりきると、ラファエルの寝室の前でわざと床をきしませ、くすくす笑いしながらドアを開けて閉め、隣の自分の部屋へそっと忍び足で戻った。ジョージィのベアトリスに対するやりかたは、ラファエルとは違い、いたって基本的だった。お高くとまったベアトリスのような人間にとっては相手に恥をかかせるのが最大の攻撃だろうが、ジョージィのほうはラファエルと体の関係があることを恥じる気持はまったくなかった。

　翌朝、ジョージィはベッドから飛び起き、なんて幸せだろうと思った。雨降って地固まるとは、昔の人はよく言ったものだ。古くさいことわざとあなどることはできない。二人の間にひびが入っていれば、危機に見舞われたらおそらく破綻してしまうだろう。ところが、昨夜のジョージィとラファエルに起こったのは、その反対だった。二人をへだてていた障害はなくなった。敵意やとげとげしい脅しが、あとかたもなく消え去った。

　朝食のテーブルを囲む話し声を耳にして、ジョージィが階下へおりていくと、ラファエルが迎えるように立ちあがった。まるでベッドシーンでも見せられたような顔つきのベアトリスの前で、彼はジョージィの手をとって口もとへ持っていくと、手首の内側に濃密なキスをした。

「いつ見てもすてきだよ、ケリーダ・ミア」ラファエルは深みのある、セクシーな声でつぶやいた。「その色、きみにぴったりだ」

　ピンクのサンドレスを着たジョージィは顔を輝かせた。そして、襟なしの白いシャツに、ぴったりしたジーンズをはいているラファエルをまぶしそうに見た。「あなたも、とてもお似あいよ。ジーンズを着たのを見るのは、初めて」

「コーヒーが冷めるわよ、ラファエル」ベアトリスがぶすっとして言った。

　ベアトリスは外国のコーヒーの価格について論じ、ボリビアの政策に話題を転じ、やがてはイギリスの社会保障制度に対する意見まで披露した。ぼんやりとベアトリスの知性に感心しながら、ジョージィは朝食をとり、コーヒーが冷めるのもかまわず、こちらを見ているラファエルと視線をからませあっていた。まるで別の世界にいるようで、ジョージィはとても幸せだった。

「見せたいものがあるんだ」ラファエルはそう言うと、ジョージィの椅子を引いた。まるで壊れものでも扱うような優しさが、ジョージィを有頂天にさせた。

ジョージィを控えの間へ連れていくと、ラファエルは信じられないぐらい華やかなエメラルドの指輪をジョージィの薬指にはめた。「やっと本来の場所におさまったよ」

「まあ、四年前に買ったというの？　なんて大きいの……なんてきれい！」ジョージィは喉にこみあげるかたまりをのみこんだ。「今朝になったら、またあなたの気持が変わっているんじゃないかと心配だったわ」

「そんなことはないよ」ラファエルはゆっくりとジョージィを腕の中へかかえこむと、引きしまった体に密着させた。「これからは、僕と何もかも分かちあってほしい」

「今までのあなたとずいぶん違うのね」

「きみもだよ」

この奇跡は、たとえ貧乏になっても、わたしが離れることはないと、ラファエルにわかったからかしら？

ラファエルがかがみこみ、舌の先でジョージィの感じやすい下唇をなぞると、彼女の体に震えが走った。熱いものが全身を駆けめぐり、敏感な乳首が痛いほどかたくなる。喉の奥からあえぎ声がもれた。昨日だったらそんな感じやすい体を恥じていたが、今日は二人だけになれるのなら、わにに追いかけられても悪くない気持だった。

ラファエルが片手をジョージィの腰に当てて引き寄せ、興奮の高まりを伝えてきた。ジョージィは彼の肩につかまって立っていたが、どこでもいいから、体を横たえたかった。ラファエルも欲求の激しさを訴えて大きな体を震わせている。それほどの欲望をかきたてられるのがわかって、ジョージィの胸に温かいものが広がった。

「めまいがしそう。何だったら二階へ行って、横になってもいいわ」誘いかけるようにささやく。

「馬に乗って出かけて、道に迷うのもいいな」

「馬を追い出して、納屋に閉じこもるのは？」

「きみは誘惑するのが本当にうまいね。抱きたくてたまらないよ。だけど、それは結婚式の夜まで待つことにするよ」

「わかったわ」ジョージィは両手をおろし、ラファエルの抱擁をといた。

愛している。ジョージィはそう言いたかった。とても愛しているわ、と。だが、その言葉はまったく歓迎されないとわかっていたので、黙っていた。気楽にいくのよ、ジョージィ、気楽にね。もどかしい思いで自分に言い聞かせる。

ラファエルは、結婚は生涯守り続けていく約束ごとだと言う。時間はたっぷりある。ここまで来て、結婚指輪をしないうちにラファエルをおびえさせたくない。ラファエルは感情を抑えるようしつけられたので、気持をとき放ったり、恋したりするのが怖いのだろうか？　それとも、欲望に支配されている間は、愛することができないのだろうか？

ラファエルはふと眉をひそめ、かがんで絨毯《じゅうたん》から何かを拾いあげた。「きみのかな？」

金のブレスレットをさし出した。

「よく落ちるの。こんなところに落ちて、ラッキーだったわ」ジョージィはブレスレットを受けとると、慎重に手首に巻きつけた。「なくしたら大変だったわ。二十一歳の誕生日に、スティーヴがプレゼントしてくれたの」

「そうと知っていたら、ごみ箱に捨てていたよ」

ジョージィは目をしばたたき、ラファエルを見あげた。彼の顔にはユーモアのかけらも見当たらない。

「スティーヴがわたしにくれたから？　どうしてスティーヴをそんなに敵視するの？　わたしたちの間には何もなかったってわかったでしょう。スティーヴは家族の一員よ」

「ここには一歩も足を踏み入れてもらいたくないな。それに、これからはきみの両親が一緒じゃない限り、スティーヴと会うことは許さない」

ジョージィはくすくす笑いそうになった。無性におかしかった。どんなにばかなことを言っているのか、ラファエルはわかっているのかしら？　焼きもちを焼いてるの？　四年前、スティーヴとただならない関係にあると信じこんでいたころなら、ラファエルが嫉妬《しっと》心を燃やしたのも理解できる。でも、それがまったくの誤解だとわかった今も、まだスティーヴを敵視するなんて。

「あの、ラファエル……スティーヴが無理やりキスしたとき、わたしが本当にうんざりしていたって、わかってるでしょう。スティーヴには、男性としての魅力は全然感じなくて……」

「もうわかっているよ」

「あのとき、わたしはとても動転し、気まずくなってしまい……それで、ダニーのアパートメントに逃げこんだの」

「そのことも、よくわかっているとも。ダニーはきみにとってただの友達だった。今ではそれもすんなり受け入れられる」

「だったら、どうしてスティーヴは許せないの？　血のつながりはないけれど、わたしの兄なのよ」

ラファエルが感情のくすぶる表情で彼女を見た。「このことはこれ以上話したくないな」

ジョージィが癇癪《かんしゃく》を起こさないよう自分を抑えていると、ラファエルにそっと抱き寄せられた。

「話しあわなければいけないことが、ほかにたくさんあるだろう?」

すぐにジョージィは冷静さをとり戻した。良心がとがめた。ラファエルがひどい苦境に立たされているとわかっているのに、どうしてスティーヴのことで文句を言うの?「ごめんなさい、あなたは心配ごとで頭がいっぱいなのに」

「心配ごと? ああ……あのことか!」ラファエルは急に顔に憂慮の色を浮かべた。「あの件については、結婚式がすむまで忘れることにしたんじゃなかったかな?」

「ええ、でも……」

「〝でも〟は、なしだ」

「あなたの神経ははがねのようね。その様子なら、何か悪いことが起こったとはだれも疑わないわ」

「頭の隅に、いつもこびりついてるよ」ラファエルは大きなため息をついた。「だが、しっかりしなくちゃね。きみを頼りにしているよ」

ラファエルはジョージィに背を向けた。顔を合わせられないと思っているのだろうか。ジョージィは同情で心がいっぱいになり、後ろからラファエルに抱きついた。ラファエルはさっと振り向き、ジョージィの頭を胸にかかえこんだ。震えがラファエルの体を走った。

「外の空気を吸おう」

外はすばらしく晴れあがっていた。エスタンシアを案内して、ラファエルはみんなにジョージィを紹介した。退屈そのものといった顔の肖像画についても、先祖にまつわるエピソードをおもしろおかしく語った。本来のラファエルは、すばらしいユーモアのセンスの持ち主であることを、ジョージィは忘れていた。午後はプールで過ごし、ディナーのときは、伯母とベアトリスが寝室に引きとったあとも、いろいろな話に花が咲いた。

二日目はもっとすばらしかった。ヘリコプターでトゥイチ川の河口まで行き、そこでガイドとともにモーターつきカヌーに乗りこむと、熱帯雨林の中で一日中舟遊びを楽しんだ。ラファエルはさまざまな専門家と一緒に、よくアマゾンへ分け入り、遠くの集落からやってくる原住民と会うためにキャンプをするという。いろいろなものをジョージィに見せるのがたまらなくうれしい様子は、はっきり見てとれた。

ディナーのために着替えをしようと部屋へ行ったとき、ジョージィはクロゼットや衣装だんすに見たことのない服がいっぱいかけられているのにびっくりした。有名デザイナーのラベルのついた、地紋入りのシルクブラウスとパラッツォ・パンツを恐る恐る手にとってみる。

「気に入ったかい？」ラファエルがドアのわきに立って笑っていた。「選《え》りすぐりをあつらえておいたよ。毎晩ディナーのときに着ている白いドレスもすてきだけど、たまには服を替えたいんじゃないかと思ってね」

「でも、こういう服はとっても高いのよ！　あなたは破産したと思ったのに」

ラファエルはたじろいで、実際顔が青くなった。「事態はそれほどひどくないんだ。つまり……最初に思っていたほどにはね」

「本当？」

「話そうと思ってたんだが……。とにかくディナーにはそれを着るといい。トルコブルーとグリーンは、きみの髪に似あうよ」

ジョージィは豊かな赤毛を意識して手ですいた。「ジェット機は手放さないですむの？」

ラファエルが、きらっと目を光らせた。「何だって？」

「あなたがエコノミー・クラスで旅するなんて、想像できなくて」

ラファエルはドアのわきの柱に寄りかかると、にっこりほほえんだ。「きみにも、そんなことはさせないからね」

三日目は、結婚式を翌日に控え、ジョージィはラファエルと馬で遠乗りをした。家に帰ってきて、ラファエルが電話に応答している間、ベアトリスと二人きりになった。

「あなた、妊娠しているんでしょう？」ベアトリスが冷たい口調で唐突に口火を切った。

「ラファエルがあなたと結婚する理由は、それくらいしかないわ」

ジョージィはむっとして答えた。「妊娠なんかしてないわ」

「わたし、小さいころから彼のフィアンセだったのよ」

「結婚できなくて残念ね、なんて嘘《うそ》でも言えないわ」長い沈黙のあと、ジョージィはやっと答えた。遅ればせながら、ベアトリスにひどく嫌われた理由がわかった。

「ラファエルのお父さんが亡くなって、続いてわたしの父も他界したの。あなたに会っていなければ、彼はわたしと結婚していたわ。でも、ラファエルをまんまと陥落させたのを喜ぶ前に、知っておいてもらいたいことがあるのよ。マリア・クリスティーナのいないときにあなたがこの国にやってきたのは、偶然じゃないって、わたしからラファエルに教えてあげるつもりよ」

「何のことかしら？」

「家族全員が知ってるわ。あなたに招待状を出した直後に、マリア・クリスティーナはカリフォルニアに出発したのよ」

「まさか、そんなこと」

「マリア・クリスティーナは、無邪気にあなたとラファエルを一緒にさせたがっていたわ。さしずめあなたがそうさせていたんでしょう！」

「マリア・クリスティーナの結婚式にわたしが来なかったことは、どう説明するの？」ジョージィは茫然《ぼうぜん》としながらも、信じられなかった。

わたしがラファエルを愛していることは、親友にはまったく知られずにいるものと思っていた。それなのに、ベアトリスの話では、マリア・クリスティーナはすっかりわかっていたという。おまけに彼女独特の軽い乗りで、兄と親友を結びつけようとしたなんて……。

「あのとき、きみが現れなかったので、僕はとてもがっかりしたんだ」

ジョージィとベアトリスは、はっと振り返った。ラファエルがドアのわきに立ち、セクシーな口もとにおもしろがっているような笑みを浮かべていた。

「妹が僕たちのことを知っていると、きみは察していなかったのかい?」

「でも、マリア・クリスティーナは知っていたんだわ。それとも、わたしが……わたしは何も話してないわ!」ジョージィは混乱して言った。

「僕もだよ」

「わかってないのね、ラファエル」ベアトリスがいやみたっぷりに割りこんできた。「あなたが結婚しようとしている女は、策略をめぐらしたのよ。マリア・クリスティーナを丸めこんで、手先に使ったんだわ」

「妹は人の言いなりになるような人間じゃない」ラファエルはあっさり切り返した。「妹に、無理やり何かをさせることはできないと思うね」ラファエルはスペイン語であとを続けた。

ベアトリスは顔色を変えて立ちあがり、二人をおいて部屋から出ていった。

「彼女は、小さいころからあなたのフィアンセだったんですってね」

「父親同士で話しあってはいたが、当時はほんの子供だったたし、正式に婚約したわけでもない。しかし、僕がいつまでも独身でいるものだから、ベアトリスはその気になったんだろう」

ジョージィは心配そうにラファエルの顔をのぞきこんだ。「ベアトリスが言ったようなこと、わたしはしてないわ。それに外国へ行くのが決まっていながら、マリア・クリスティーナがわざとわたしを招待したなんて、信じられないわ」

「妹がそうしたのだとしたら、叱《しか》ってやらなくては。言葉も話せない異国の地で、若い女性を路頭に迷わせるなんて、冗談にもならない」

「それでも、彼女に感謝しなくちゃ」

「今夜、妹が着いたら、本当のところをきき出すといいよ」

「マリア・クリスティーナが来るの、今夜？　まあ、彼女に何も話してないわ。電話するのも忘れてた！」

「結婚式のことは知らないんだ。黙っているように、アントニオに口どめしておいた。きみが来ていることすら知らないんだ」

「明日あなたと結婚するなんて、信じられないわ」ジョージィは思わず心の内をさらけ出した。「こんなに幸せになれるなんて、どうしたらいいのかわからないわ」

「幸せ？」黒い瞳がジョージィの顔にまじまじとそそがれた。「やっと過去が忘れられる？」

ジョージィはいたずらっぽく肩をすくめると、ラファエルの絹のネクタイをもてあそびながら、がっしりした胸に指を這わせた。「過去って？」

「ずっと気になってたんだが……あの夜フェラーリの中で僕を挑発したしぐさは、どこで習ったんだい？」

ジョージィは真っ赤になった。「雑誌よ」そう白状するとラファエルに寄り添い、片方の手をジャケットの下にもぐらせ、ウエストラインにそって指を這わせた。ラファエルの引きしまったおなかが、無意識に反応してぴくりとするのが感じられた。「あのとき、あなたは本に書いてあったとおりに反応したわ。でも、そのあとだめにしてしまったけど」

その日の午後遅く、ジョージィは廊下に花を飾った。ベアトリスが居間に華やかに生けたものとはくらべものにならないとわかっていたが、たいして気にもならなかった。ヘリコプターが舞いおりてくる音がしても、ジョージィは顔も上げなかった。敷地内にヘリコプターが始終舞いおりては飛びたっていったのだ。

五分ほどして、テレイサが外から駆けこんできた。「お兄さまですよ、セニョリータ！　いらっしゃるとは聞いてませんでした。どこへお泊めしたらいいんでしょう？」

「スティーヴが？　スティーヴがここに来たの？」

あまりに驚いたので、ジョージィは手に持っていた花が床の上に落ちたことにも気づかなかった。

10

ジョージィは庭を駆けていった。スティーヴの見慣れたがっしりした体と、日光に輝くふさふさした金髪が目に入り、顔に笑みが広がった。

「わたしがここにいるって、どうして知ったの？」

黙ったままスティーヴはジョージィを見つめた。顔色が悪く、表情がひきつっているようだ。「母たちから電話をもらったんだ」

「でも、わたしは連絡をとってないわ」

「ラファエル・ロドリゲス・ベルガンサが二人に知らせて、結婚式に間に合うように手配をしたんだ」

「まあ……もう間に合わないと思ったから、わたしからはみんなに言わなかったの。ラファエルはわたしを驚かせたかったのね」

「よく気がつく男だよ」スティーヴが鼻で笑った。「おかげで僕も来られたんだ。きみはあいつのあとを追ってここに来たんだろう？　そんなこと、だれにも言わなかったじゃないか」

「だって、そんなつもりはなかったもの！　自然の流れでこうなっただけなの。お兄さんが彼を好きじゃないのはわかってるけど、でも、お願いだから我慢して気持よく祝ってくれないかしら？」

「きみを家に連れ戻したい気分だよ」

「そんな。わたし、ラファエルを愛してるの」

「ここに来てからかい？　たった一週間で、結婚しようというのか？　どうしたんだ。四年前のあいつの仕打ちを忘れてしまったのか？」

「詳しいことは言いたくないけど、誤解があったの。ラファエルはあのころ、わたしと結婚するつもりでいて……」

「ばかな！　わかった。今すぐきみをロンドンに連れて帰る」大きな手がジョージィの細い腕をつかんだ。

ジョージィは信じられない思いで義兄を見あげた。「お兄さん、何を考えているの？　わたしは明日、結婚するのよ」

「あいつはきみを惨めにするだけだ。女たらしなんだよ、ジョージィ。結婚したいと言ったのは、きみを手に入れるにはそれしか手段がないからさ！」

「まさか……どうしてそんなこと言うの？」

「手を放せ」

ジョージィはくるりと振り向いた。ラファエルが二、三メートル離れたところで、こぶしを丸めて立っていた。全身からぞっとするほどの怒りを発散している。

「ああ、やめて！」ジョージィは震えあがって叫んだ。「二人とも、何をいがみあってるの？」

「感謝するんだな」ラファエルが冷ややかにスティーヴに言い放った。「僕はジョージィに話すつもりはない」

「話すって、何を？」ジョージィはいぶかしく思いながらきいた。

スティーヴが手を放したので、彼から一歩離れて、ジョージィは二人の男を交互に見くらべた。スティーヴは緊張して青ざめた顔をし、荒い息をついている。ラファエルは今まで見たこともない凶暴な雰囲気を漂わせていた。彼女は背すじが凍りついた。体の大きさは二人とも同じくらいだが、ラファエルには、スティーヴにはない殺意に似た憎悪が感じられた。

「いいこと」ジョージィはラファエルを押しとどめるように両手を前に伸ばした。「けんかはよして、ラファエル。もし兄に指一本でも触れたら、結婚はとりやめよ。スティーヴの言うこともどうかしてるけど、あなたにも問題があるわ。スティーヴに何かあったら……」

「この僕が、こんな最低の男を怖がると思っているのか?」スティーヴはそう息巻くと、ジョージィを乱暴に押しのけた。

「家の中に入ってるんだ、いとしい人《ケリーダ》」ラファエルが感情を押し殺して命じた。

ジョージィは首を横に振った。「いや!」

「自分から行かないのなら、ボディガードに連れ戻させるぞ」

「兄に手を触れたら、あなたとは結婚しないと言っているのよ、わかってるの?」ジョージィの言葉が耳に入らないのか、ラファエルはまばたきひとつしなかった。

「僕のことを言ってみるがいいさ、ベルガンサ! ジョージィが信じるのは、どっちだと思う?」スティーヴが激しくまくしたてた。「二十一年間、家族でいたんだ。それに勝てると思うのか?」

「まあ! 二人ともいいかげんにして。わたしはおりるわ!」ジョージィはうんざりしたように言い捨てると、さっさと歩きだした。これで、ラファエルが冷静さをとり戻してくれるのを願っていた。ラファエルがこんな行動に出るなんて、信じられなかった。それに、二人は何の話をしているのだろう? スティーヴのことをラファエルが言うって、どういう意味?

肩越しに振り返ると、ラファエルがスティーヴめがけてこぶしを振り回したのが目に入った。ぎょっとして駆け戻る。「やめて……やめてったら!」

二人の間に割って入ろうとしたとたん、後ろからだれかにとめられた。「何をするの？」首を回して見ると、ラファエルのボディガードが、きまり悪さと申しわけなさと、命令されたことは断固として実行する決意をないまぜにした顔つきで見おろしていた。

ラファエルがスティーヴを殴りつけるのを見て、胸が悪くなりそうだった。二人の男が殴りあいをしている姿は、とても野蛮で恐ろしいものだった。ジョージィの恐れていたとおり、義兄は今にも殴り倒されようとしていた。

「あなたのこと、許せないわ！」ジョージィはラファエルに向かって叫んだ。なんて野蛮な人なの。二人の間にどんな確執があるかはわからないが、目の前でこんな殴りあいをすることが信じられなかった。ラファエルの思いがけない行動に、ジョージィは絶望した。希望と夢が粉々に砕け散っていくのがわかった。

スティーヴが地面に倒れた。意識を失ったのかしら？　ラファエルはきびすを返して彼から離れると、ボディガードに何か冷静に指示した。ジョージィをとらえていた腕がぱっとはずれ、彼女はスティーヴのところへ駆け寄った。

「うう……」口もとから血をぬぐって、スティーヴがつぶやいた。「きみがいなかったら、あいつに殺されていた」

「そのうち医者が来る」ラファエルが冷ややかにつぶやいた。

「お医者さんにかかる必要があるのは、あなたのほうよ！」ジョージィは不快な思いに震えながら、吐き捨てるように言った。「テレイサに言いつけて、荷物をまとめさせて。あなたとは結婚しない。もう二度と会いたくないわ……」

ラファエルは黒い瞳をぎらぎらさせ、ジョージィの怒った顔を見おろし、スティーヴの安心したような顔に目を向けた。「負けたほうの勝ちというわけか？　きみは僕より、その男を選んだ」

「そんなんじゃないわ！」

「結婚しようとしていたのに、きみは僕に誠実さも信頼も持っていない」

「こいつはたいしたメロドラマだ」スティーヴが立ちあがりながら皮肉っぽく言った。

ラファエルがもう一度殴りつけた。

ジョージィは信じられない思いだった。義兄は地面に大の字に倒れると、鼻を押さえてうめいた。

「こいつと行けばいいさ。もう、きみを引きとめない」ラファエルがきっぱり言った。

「だがここを去る前に、真実を知っておくべきだ」

「真実？」ジョージィは顔をしかめた。

うつぶせに横たわったスティーヴに、ラファエルは怒りをこめた視線を向けた。「彼女に自分から言う勇気はあるか、それとも、これも僕が言わなくてはいけないのか？」沈黙が流れ、スティーヴが何の返事もしないので、ラファエルは耳ざわりな笑い声をあげた。

「四年前、こいつはきみに恋をした……」

「まさか！」

「きみはあの夜、彼を拒絶した。この男は嫉妬《しっと》心と屈辱感にまみれた。そして翌朝、きみを捜しに行った僕に、いかにももっともらしい作り話をしたんだ。きみとは十七歳のときから深い関係があって、きみを愛しているし、結婚したいとも思っていると」

ジョージィは震え始めた。「まさか、そんなこと……」

「説得力があったよ。この男はさも善人そうに、きみの若さと未熟さにつけこんだことを恥じていると言ったんだ！」ラファエルは吐き捨てるように言った。

ジョージィの唇から押し殺した苦しそうな声がもれた。思いもよらなかった。スティーヴは目を合わせようともせず、抗弁さえしなかった。

「それだけじゃ足りなかったらしく、彼はきみがダニーとも寝ていると言った。そして、愛と欲望の違いがきみにはわからない、そうさせてしまったのは自分のせいだ、と言ったんだ」

「そんなこと、できるわけないわ」

「目を覚ますんだ、ジョージィ。こいつにはできたんだ。きみをものにできないなら、僕にも手出しをさせたくなかったからだ！　きみに拒絶されて、深い傷を負ったんだろう。

こいつは義理の兄という立場でいながら、けがらわしい嘘《うそ》がどれほどきみを苦しめるかをまったく考えもしなかった。自分に男としての魅力を感じないきみを罰するつもりだったのだろう……。僕に対しては、愛する女性への信頼をくつがえさせたんだ!」

ジョージィは、目に苦悩の色を浮かべ、ラファエルの浅黒い顔を見つめた。当時スティーヴが自分に恋していたなどと、今の今まで想像したこともなかった。スティーヴとはとても仲がよかったが、むろん男性として意識することは全然なかった。スティーヴの感情を気にしたこともなかった。彼がいつも注意深く優しかったのは、ただ兄としての情愛からだろうと思っていた。今になって思うと、スティーヴの関心の向けかたや愛情は度が過ぎていた。ラファエルに対しても極端すぎるほどの敵意を抱いていた。

「もう終わったことさ」スティーヴがぽつりと言う。

「だがおまえは、嘘がばれないうちにジョージィを連れ帰ろうと、ここにやってきた。彼女に本当のことを知られたくなかったんだ」ラファエルはきっぱり言った。「そして僕は愚かにも、彼女を傷つけたくなかったので今まで黙っていた」

ジョージィはぎくりとし、冷えきった震える手で、ほてった頬をおおった。「知らなかった……」

過去を振り返ってみると、スティーヴがついた嘘の全貌《ぜんぼう》がわかってきた。ラファエルが去っていったとき、スティーヴが見せた同情の裏にあったものを思うと身震いがした。

「どうしてそんなことができたの？　わたしはラファエルを愛していたのに！」ジョージィは本心を口走っていた。だが、ラファエルはすでに去ったあとだった。ジョージィはスティーヴと二人きりでとり残された。

「あいつのことをあきらめて、僕のほうに目を向けてくれると思ったんだ。悪いことをした。やがて自分で自分の首を絞めているとわかったんだ。ずいぶん時間がかかったよ……きみが僕と同じ気持を抱くことは決してないとわかるまで」

「でも、彼にあんな嘘を言うなんて……」

「信じたあいつだっていけないんだ」スティーヴが弁解がましく言った。

しかし、ラファエルがスティーヴの嘘を信じたのは理解できる。ラファエルは基本的には非常に名誉を重んじる人間だ。スティーヴからジョージィを愛していると聞かされ、キスの場面を目にして、義理の兄妹《きょうだい》が強いきずなで結ばれていると思ったのだ。嘘を信じたラファエルを責めるつもりはない。むしろ恋に夢中で、周囲で起こっていることにまったく気づかなかったジョージィ自身が、責められるべきだった。

四年前、ラファエルはスティーヴの話をジョージィに教えようとはしなかった。それが結果的にスティーヴをかばうことになった。なぜスティーヴの嘘を今までずっと隠してきたのだろう？

「悪かった」スティーヴが謝った。「嘘がばれるのが怖かったんだ。もう気持の整理はつけたよ」

「今でも、わたしがラファエルと一緒になってほしくないと思ってるのね……」

「あいつのことは決して好きにはなれないよ、ジョージィ。きみたち二人がいちゃついてるのをかたわらで見ているなんて、どんな気持かわからないだろう？ 僕のしたことはほめられることじゃないが、あいつが本気できみと結婚するつもりだとは思わなかった。四年前、僕たちがキスしているのを見たとあいつから聞いたとき、反対にそれを利用してやろうと考えた。悪かったな」

何となく理解できたような気がして、ジョージィはうつろにうなずいた。

「さて、僕は退散するよ。僕は結婚式には邪魔者だろうから」スティーヴは陰気な笑みを浮かべてつぶやいた。「たぶん、子供でも生まれたら、洗礼式には出席するよ。いいかな？」

「結婚式はとりやめになったのよ」

乗ってきたヘリコプターのほうにぎこちない足どりで戻っていくスティーヴが振り向いた。「ジョージィ、殴りあいは男同士の間のことだ、わかるかい。きみとは関係ない。ついに決着がついた気がする。おかげで寛大な気持になれたから、教えてあげよう。今まで僕のしたことをラファエルが話さなかった理由と、なぜ彼が僕たちの前から去ったかのわけをね。それは、ラファエルは怖いんだよ」

「怖い？　ラファエルが？」

「僕がどんな気持をいだいていたかを知ったら、きみの心の中に何か強い気持が生まれやしないかと、恐れていたんだ」

ジョージィは立ちつくしたまま、スティーヴがヘリコプターに向かって歩いていくのを茫然《ぼうぜん》と見送った。ジョージィは、二人のけんかをやめさせたかっただけだ。だれだって男が殴りあいするのを、見たいとは思わない。だがあのときは、ラファエルが暴力に訴えてでも復讐《ふくしゅう》したい強い動機があるとは知らなかった。そして、殴りあいのあと、ラファエルが一方的に攻撃したのだとばかり思い、スティーヴに駆け寄ると、ラファエルは〝負けたほうの勝ちというわけか〟と言ったのだった。

ジョージィは急いで家へ戻った。寝室でテレイサがベッドの上にジョージィの服を並べ、荷造りしているのを見てはっとした。

テレイサはため息をついて、首を振った。「本当にわけがわからないことです。この結婚式を行うのか行わないのか……」

ジョージィは必死でラファエルの姿を捜した。ラファエルは居間にいて、片手に大きなグラスを持ち、先祖の肖像画をむっつり眺めていた。

「ああ、よかった。結婚式はとりやめって言ったときは、自分でも何を言ってるのかよくわからなかったの」ジョージィは部屋に入るなり言った。

「ここに残れと無理強いするつもりはないよ」無情な答えが返っていた。

「わたしは行かないわ……あなたに出ていってほしいと言われるまでは」

「きみにはきみの意思があって当然だ。あいつはどこにいる？」

「スティーヴ？　たぶん空の上よ。結婚式には歓迎されないとわかってるから。でも、子供の洗礼式には出席させてもらうかもしれないって」ジョージィは思いきって言った。

「その可能性のことを忘れていた」

「まあ、おかしいわね。三、四日前まで、あなたはそのことばかり気にしていたのに！」

ジョージィはすがる思いでラファエルに思い出させた。「妊娠していようがいまいが、わたしの気持に影響ないわ。結婚する理由としては、十分じゃないもの」偽りのない真実だった。

「それなら、何のことを話す必要がある？」

ジョージィは青くなった。何とか自分を励ましながら、本当の気持をラファエルに話そうとしてきた。これ以上嘘をついたり、体面を保つためにごまかしたりはするまいと、自分に言い聞かせた。もう誤解を招きたくなかった。四年前、それをはばんだのはプライドと体面だった。

　今になってやっとわかったが、あのとき同じ立場におかれたら、どんな男性もつらく当たるのが当然なのに、ラファエルはそんなことをしなかった。スティーヴのけがらわしい打ち明け話をジョージィに突きつけることはしなかった。今もラファエルは自制心を発揮している。

「ラファエル、スティーヴがあんな嘘をついたこと、本当にごめんなさい……」

「きみが謝ることはないよ。きみは顔に泥を塗られたのに、あいつをかばうのか？」

「いいえ。確かに悪いのはスティーヴよ。あんなことをするなんて、胸が悪くなりそう。でも、あれは四年前のことなのよ」ジョージィはその点を強調し、ラファエルの緊張した顔を見つめた。「過去のことはもう乗り越えたと思ったのに……そうじゃなかったのね」

「さっき、きみはあいつのことしか頭になかった」

「あなたは、わたしを一方的に非難したわ」ジョージィは食ってかかるように、かん高い声をあげた。ラファエルがどこか手の届かないところにいる気がして息苦しかった。「さっきのことだって、わたしはけんかの理由を知らなかったのよ。兄が失神したのかと思ったの。でも、スティーヴのことを憎いと思うあなたの気持、今はわかるわ」

「僕の気持がどうしてわかる？　胸の内をのぞくことでもできるのか？」ラファエルが突然声を張りあげた。「あいつのおかげで、四年前、愛していた女性を失った。あいつのおかげで、またきみを失うんだ！」

「失っていないわ」

「心のないきみを欲しいとは思わない。そんなのはうまくいくはずがない」ラファエルは苦しそうに半分ほどあいたグラスを見つめた。「これ以上どれだけ苦しめばいいんだ？ 今のままで十分なふりはできない。いくら求めても、きみが与えてくれることはないんだ。だから、僕の頭がおかしくならないうちに行ってくれ。感情のない結婚などしたくない。僕たちはどうやっても過去を乗り越えられないんだ」

ラファエルの激しい調子に圧倒されて沈黙していたが、ジョージィは彼の言葉の中に、希望の鍵《かぎ》が含まれていたのに気づいた。胸の鼓動が苦しいほど高鳴った。

「今は怒りを感じてるんだ。僕がそんなことを言う権利はないけれどね」ラファエルは沈んだ声で続けた。「犠牲になったのは、僕ではなくてきみだった。嘘をついたのはきみじゃないし、愚かにもその嘘をうのみにしたのもきみじゃない。四年前、去ったのは僕のほうだ。きみに感情を持てと強要する権利は、僕にはない。きみは欲望をかきたてる。きみは生まれつき明るくて、愛される性格を持っている。たいていの男なら、それで十分だろう。だが、僕はそれだけでは足りない。きみのすべてを手に入れられないのなら、いっそ何もないほうがいい」

ジョージィの目に涙が浮かんだ。「あなたが言っているのは、愛のこと？」

ラファエルの整った口もとが引きしまった。彼はプライドから、決定的な言葉を口にしないように、できるだけ遠回しな表現で話していたのだ。

「ほかに何がある？」

　喜びがジョージィの胸の奥からこみあげてきた。「わたしにも言わせて、ラファエル。あなたは中世の暴君みたいな最悪の意図を持ってわたしをここへ連れてきたわ。でも、わたしは逃げ出そうとしたかしら？　なぜわたしはあなたと寝たの？　ついに結婚に同意した理由は何だと思う？　あなたが何もかもなくしたというのに、あなたのもとにとどまる決意をしたのはなぜかしら？」ジョージィはかすかな笑みを浮かべて質問を続けた。「あなたがわたしの考えているとおり頭がよければ、考えられる結論はひとつしかないと思い当たるわよね。わたしは、あなたに夢中だって」

「そうなのか？」ラファエルは探るようにジョージィの瞳をのぞきこんだ。そして勢いよく前に出ると、ジョージィの肩をつかんだ。「本気なのか？」

「あなたのことをとても愛しているの。どうして、わからないの？」

「わからなかった。僕が酔っぱらっているのを見て、きみは僕を哀れんでるんだと思った。きみを引きとめるためにそれを利用するつもりだった。が、そんなことは恥ずかしいことだ」

「あなた、そんなに絶望していたの？」

「昔持っていたものをとり戻したかった。そうしないと永久に失われてしまうと思って……。だが、僕にとっては消えてなくなるものじゃなかった。きみのことではいろいろ不愉快なことを耳にしていながら、まだ僕はきみを愛しているとわかったんだ」

「あなたもわたしを愛しているですって？」ジョージィは体が浮かびあがるような気がした。

「出会った最初の日に僕の胸を引き裂いたのは、欲望だけではなかった」ラファエルはジョージィを引き寄せ、すみれ色の目をじっと見つめた。「きみの精神、ユーモアのセンス、果敢に立ち向かう態度、その何もかも好ましかったんだ。そのあと僕はきみをうわついた女と思いこみ、きみから去った。ところが、ふたたびきみが現れると、僕は苦々しい現実に直面した。モラルがどうであれ、きみは十七歳のころと同じく、僕が恋に落ちた女性だった……」

「またわたしに恋したというの？」

「あの独房にいるきみをちらっと見ただけで、稲妻に打たれたようだった」

「雷はわたしの上にも落ちたのよ。あなたはとってもすてきに思えたもの。目を離すことができなかったわ」ジョージィも認めた。

「きみを愛してる、ケリーダ」ラファエルは情熱のこもった目でジョージィを見つめ、両腕で抱きあげると、むさぼるように唇を求め、強い欲望をもはや隠そうとはしなかった。

永遠に続くかと思われた数分が過ぎ、ジョージィは気がつくとベッドではなく、かたいソファの上に横たえられていた。ラファエルのジャケットはネクタイとともに床にほうり投げられ、シャツははだけて、男らしいたくましい胸が見えていた。ジョージィが爪を胸毛にからませると、ラファエルがおおいかぶさってきた。ラファエルが熱く燃えているのがわかる。

「きみはいろいろたくさん着すぎているよ」

「明日の夜まで待つんじゃなかったかしら」彼のしなやかな手が胸のふくらみをおおうと、ジョージィはかすれた声を出した。

「とり消すよ」ラファエルがうなるように言った。「もう待てない……」

二人ともキスをするのに夢中で、ドアが開いた音に気がつかなかった。

「つき添い役がいたら、いやかしら？」

ラファエルがびっくりして顔を上げた。ジョージィもぎょっとなった。ラファエルがソファから飛び起き、ジョージィも上半身を起こしたが、すぐに笑みが顔中に浮かんだ。

「これは高くつくわよ、お兄さん」マリア・クリスティーナだった。自制心の強い兄がひどくとり乱しているのが、おかしくてたまらないらしい。「ここは居間なんだから、だれでも入っていいのよ」

「ほかの人間ならちゃんと礼儀をわきまえて、ノックくらいするさ」ラファエルは抑えた口調で文句を言った。

ジョージィは親友の腕の中へ飛びこんだ。「わたしが来てることを知っていたのね！」

「あなたが到着した日に知ったのよ。テレイサと共謀してたの」マリア・クリスティーナはくすくす笑い、ラファエルに向かって言った。「行って甥《おい》のジョージに会ってやって」

テレイサがコーヒーを運んできた。マリア・クリスティーナの夫のアントニオが顔を出して自己紹介した。テレイサが、ジョージィの名前をもらった赤ちゃんを連れてきた。みなが口々にかわいいとほめる中、やがて赤ちゃんはつぶらな黒い瞳を閉じて、リボンのついたバスケットの中ですやすやと眠りだした。

「あなたが兄に恋していることは、もちろん知ってたわ」マリア・クリスティーナが笑って言った。「それに兄もあなたに恋してるんじゃないかと思ったの。つきあい始めたことも何となくわかってたわ。そのあと突然だめになったでしょう。あれからずっと、どうやったらあなたたちをもとに戻せるか、知恵をしぼってきたの。今度あなたを招待したときも、危険は承知だったけど……」

「カリフォルニアへ行くとわかっていたのに、わたしにここへ来てほしいと言ったのね？」

「そのとおり……。でも、うまくいったわよね。わたしがどこにいるのか、ラファエルと連絡をとらなくちゃいけないはずでしょう。それにラファエルも、あなたが手紙で何と言ってきたかとか、今どうしてるだとか、いつも知りたがっていたから、まだ関心があるとわかったの。でもはっきり言って、明日結婚式を挙げるだなんて、あなたも兄もわたしの想像以上のことやってくれたわね！」

「喜んでくれる?」

「ジョージィ、わたし、舞いあがりそうよ！　こんなうれしいことってないわ。ラファエルはあのあと、とっても落ちこんでしまって……」

「やっと二人きりになれたね」ラファエルはロックのかかったドアに背中をもたせかけた。最高に華やかな結婚式だった。ジョージィの両親も、ラファエルの親しい親戚《しんせき》もみんな列席した。彼が金の指輪をジョージィの薬指にはめ、黒い瞳に愛情をいっぱいに浮かべた瞬間が思い出される。

「僕たちの行き先をきかなかったね」ラファエルがからかうように言い、無造作にジャケットを脱ぎ捨ててベッドの隣にやってきた。

ラファエルがすぐそばにいることで、ジョージィの胸がどきどきしてきた。ジェット機のエンジン音も、彼女の鼓動ほど大きくはなかった。

「今夜は天国へ連れていってもらえると期待してるの」ジョージィはそうささやいて、すばらしいラファエルの体をひとり占めするように、なまめかしい視線を投げた。

「カリブ海に別荘があるんだ」

「そんなに待てないわ」

ラファエルがかがみこんでキスし、官能を熱くくすぐる。ジョージィは骨までとろけそうな気分になった。「僕がそんなに待たせると思っているのかい？」

ジョージィは両腕をラファエルの首に巻きつけた。金色をおびた黒い瞳とすみれ色の瞳がひたすら見つめあう。

「愛してるよ、愛する人《エナモラーダ》」情熱をこめてつぶやき、ラファエルはジョージィを抱き寄せた。それからの長い時間、二人の荒い息づかいとジョージィの快楽にあえぐため息以外は何も聞こえなかった。すっかり満たされて、二人はしっかりと体をからませあったまま横たわった。

「ジェット機を手放さずにすんで、よかったわ。このベッド、とても快適ね」ジョージィがため息まじりに言った。

ラファエルが体をかたくした。「話しておきたいことがある。実は、経済的に困ってるというのは嘘なんだ」

「嘘？」ラファエルを押しのけて起きあがると、ジョージィは驚きと戸惑いのまじった目でラファエルを見た。「でも、どうして嘘だと言えるの？　あの夜、床に落ちていた銀行の報告書を見たのよ。あれはあなたについてのものだったわ。赤字は六けたまであったのよ」

「銀行の報告書？　赤字の……ああ、あれは買収を検討中の倒産会社の書類だよ」

「本当？」自分はなんとばかだったのだろうと思いながら、ジョージィは顔を赤らめた。

「わたしに嘘をついたのね、許してあげない！」

「しかし、僕が仕事上の問題をかかえていると思ったとたん、きみはそれまでにないくらい優しくなった」

「ひどい、ひどい人！　あの夜あなたは、わたしのことさんざん笑ったにちがいないわ！」

「いや、初めてきみをとり戻せる希望を持ったよ。それで、しばらくは事業に失敗したことにしておこうと思った。で、どうなったか……」

「わたしの同情につけこんだのね！　ずるいわ。何も残ってないなんて、でたらめばっかり」

「きみの愛がなかったら、僕には何もない。だから悲嘆に暮れて、自分を哀れんでいたんだ」

「それじゃあ、今度だけは許してあげる。そうじゃなかったら、ここから出ていくところよ」

「地上二万キロにいるんだよ」

「わたしのことをばかにするのをやめないと……」

ジョージィを黙らせようとラファエルが体を寄せ、むさぼるようなキスをした。

「ああ……」

それまでの会話はすっかり彼女の頭から消えてしまった。

「わにに食べられなくてよかったわ」ジョージィはつぶやいた。

「たぶん、そいつは僕ほどずるく立ち回らなかったんだよ」ラファエルは十分満足した顔で言った。